U0826268

温暖的故事

心善天地宽

XINSHANTIANDIKUAN

赵经纬/著

敦煌文艺出版社

图书在版编目（CIP）数据

心善天地宽 / 赵经纬著. -- 兰州 ：敦煌文艺出版社，2013. 6
（温暖的故事）
ISBN 978-7-5468-0526-9

Ⅰ. ①心… Ⅱ. ①赵… Ⅲ. ①短篇小说－小说集－中国－当代 Ⅳ. ①I247.7

中国版本图书馆CIP数据核字（2013）第129989号

心善天地宽
（温暖的故事）
赵经纬 著
责任编辑：罗如琪
封面设计：三合设计公社

敦煌文艺出版社出版、发行
本社地址：（730030）兰州市城关区读者大道 568 号
本社邮箱：dhwy@duzhe.cn
本社博客（新浪）：http://blog.sina.com.cn/dunhuangwy
本社微博（新浪）：http://weibo.com/1614982974
0931-8773084（编辑部） 0931-8773235（发行部）

北京泽宇印刷有限公司
开本 710 毫米×1000 毫米 1/16 印张 12 字数 190 千
2013 年 9 月第 1 版 2013 年 9 月第 1 次印刷
印数：1～5 000

ISBN 978-7-5468-0526-9
定价：23. 80 元

如发现印装质量问题，影响阅读，请与出版社联系调换。

本书所有内容经作者同意授权，并许可使用。
未经同意，不得以任何形式复制转载。

序言

Preface

拯救我们的良心

我是一名教师。从职业的角度讲，我觉得自己对得起自己挣的那一份工资。但说实话，很多时候，隐约之中，或者，直言不讳地讲，某种莫名的忧伤或悲戚时常萦绕在我的心头，驱之不散，挥之不去。

我不是为了教师地位之卑微感到忧伤。我们中国，从来就有尊师重教的传统，当前国家对教育的重视程度也越来越高，教师的身份不应该算作卑微。但是，我无法理解的是，为什么社会上的很多所谓的“成功人士”提起教师，就自然地面露不屑一顾之色？

我不是为了学生学习环境之差感到忧伤。当前的学生，基本上都能具备“日有廪稍之供，岁有裘葛之遗”、“坐大厦之下而诵诗书”的条件。但是，我感到痛心的是，为什么有那么多的顽劣学子，不懂得珍惜可贵的青春年华，而选择“浑浑噩噩”、“游戏人生”？

校园本是一方净土。但不得不承认，大环境对小环境的熏染。商品经济下，对人的价值的评判标准已经与从前有了很大改变。所以，人心浮躁，人情冷漠也便不可避免。

但是，我还是要说，人之初，性本善。善是人的本性。即便是为恶之人，其良心也不必全然泯灭。

我们需要思考的是，如果我们在行善，那么我们如何将我们的善行延续下去？如果我们在行恶，那么我们该如何拯救我们的良心？

我无法给出确切的答案。我气力微弱。我只能做我可做之事。我愿意相信世间的善事，我也确信善事对人之同化与熏染。我愿意身体力行地去做一些善事，我也愿意虚构一些善事，用艺术的真实去影响我身边的人。

于是，我常常写下一些故事，去讲给我需要讲给的人听，去讲给愿意听我讲的人听。我给身边的同事讲过故事，我给我的学生讲过故事，我给我的朋友讲过故事，我给我的家人讲过故事。我真切地发现，我可以用一个故事，解开学生心中的谜团，抚平一些顽劣学生的戾气；我可以用一个故事，劝解一场夫妻的怄气，让“破镜”得以“重圆”；我还可以用一个故事，激励自己，走出困境，走向希望，拥抱光明……

几年光阴，写了故事百余个，讲了故事许多遍。今天，得蒙出版社垂青，便做些筛选，辑录在一起，是对过往的一个留念。当然，我更加愿意，我的这些故事，能够在版印成册后，进入更多读者的法眼，如果，能够有一些故事，哪怕只是短小的一则，打动了您的心灵，让您的心里生出一些感动，那将是我无比荣光的幸事。

是为序言。

赵经纬

2012 年 12 月

目录

Contents

第一辑　身边有爱

神奇的左手 …… 002
父亲的帽子 …… 003
永远跟踪你 …… 005
救人的理由 …… 007
一张永不使用的银行卡 …… 009
后妈 亲妈 …… 013
善念有报 …… 015
苏醒的黑客 …… 017
蹩脚的泥水匠 …… 021
好人不打折 …… 023
你救了我的良心 …… 027
锅底的蚂蚁 …… 030
妻子的礼物 …… 032
就不在乎你 …… 034
把爱情放进衣橱 …… 036
爱你没谎言 …… 037
丈夫的私房钱 …… 041
忘年之爱 …… 045

第二辑 异域温情

请你绑架我 …… 050
巴丁格的剧本 …… 054
复活节的彩蛋 …… 058
非常绑架 …… 062
美国钉子户 …… 066
买彩票的神父 …… 070
海盗与警察 …… 074
杀手不要“暗花” …… 078
最后一次抢劫 …… 083
该给你一个机会 …… 087
一只鹦鹉泄了秘 …… 091

第三辑 大善无疆

生死垂钓 …… 096
救命珍珠 …… 100
奇效银簪 …… 101
五叔的理由 …… 102
一　刀 …… 104
力　王 …… 106
心善天地宽 …… 108
去瘤记 …… 110
金钗诫 …… 112
茅山道士的救赎 …… 116
松山灵兽 …… 121
崖碗鼋精 …… 125
金鸡之谜 …… 130

燕崖灵物 …… 133

第四辑　暖暖笑吧

如果你是我老婆 …… 138
招聘的秘密 …… 140
遭遇“伤心雨” …… 143
都是名片惹的祸 …… 146
找个倒霉蛋 …… 150
兼职真是不好做 …… 153
“驾校”帮我抓“劫匪” …… 156
不办事 …… 158
教子无方 …… 159
校园恋爱糗事记 …… 160
欢迎举报 …… 163
绰号“张大头”的故事 …… 167
丢“猫”记 …… 168
童言无忌 …… 170
教儿子砍价 …… 173
愚人节的电话 …… 174
行为艺术 …… 176
和领导撒谎真的好难 …… 177
哥买的不是大奖 …… 179

第一辑

EPISODE 1

身边有爱

神奇的左手

李明大学毕业后留在城里工作，很快又结婚生子。李明就将在农村的母亲接来照料孩子。

吃饭的时候，李明的母亲和妻子刘菲坐在一起。刘菲是个左撇子，总和母亲的右手“打架”。刘菲不好意思，想站起来和李明换座。母亲却说，不用了。随后将手中的筷子换到了左手，且运用自如。

转眼，李明的儿子就三岁了，已经能够蹒跚走路了。李明的母亲就时常带小孙子到楼下的草坪旁玩耍。李明起初不愿意，怕出危险。但母亲却说，城里的屋子太憋闷，对孩子不好。

这天，李明在单位上班，无意中浏览到一个帖子，说农民工上马路总用左手牵孩子，安全意识淡漠。李明心里咯噔一下，赶忙请假，驱车回家。

李明的车开得急，到了小区才稍稍减速。突然，前面闯来一个小男孩，竟是自己的孩子！原来孩子认出了爸爸的车，是来迎接了。李明发现儿子靠马路这边，而母亲真的在用左手牵着孩子！

说时迟，那时快。李明的母亲一把就用左手将小孙子揽入怀里，迅速退到路边。

李明惊悸之余，不禁对母亲的左手更加好奇。李明问母亲：“您的左手怎么这么灵活？经过什么专门的训练吗？”

母亲听后一头雾水，说：“哪有什么训练，只不过在农村时，农活多，干活用右手方便。但左手也没闲着，总要牵着你呀……”

晚上，李明又和妻子刘菲说起母亲的左手。刘菲恍然大悟，说：“母亲是用右手牵着生活，用左手牵着爱。牵着生活的手可以停歇，但牵着爱的手却一刻不曾放松啊！”

父亲的帽子

李华是个高三学生，自幼丧母，和父亲相依为命。

一天晚上，家里的电话响了，是社区的马叔叔约父亲去打牌。李华不同意，父亲一个社区的清洁工，一个月就挣那么点钱，怎能再去赌呢？但父亲却说，李叔叔是好人，咱不能不讲情面。

一连几天，父亲晚上都去打牌，直到午夜才回来。李华每天生着闷气去上学。李华想去找马叔叔，求他别在叫父亲去了。

星期天上午，李华敲开了马叔叔的家门。李华进门就发现马叔叔家沙发上放着父亲的帽子，一定是父亲昨晚打牌丢下的。李华忽然觉得心里酸酸的，竟一句话没说就夺门跑出。

深冬的一个晚上，李华站住阁楼上往下眺望时发现路灯下有个人影在踉跄地徘徊。突然，这个人影倒了下去。李华赶忙跑下楼去。到了这个人的跟前时李华惊呆了：昏倒的人竟然是父亲！

李华赶忙给马叔叔打了个电话，将父亲送到了医院。在候诊室里，李华问，你们不是在赌钱吗？李叔叔叹了口气说："傻孩子，你父亲晚上根本就没去打牌。他晚上出去是去做一份兼职，想给你多准备点钱上大学。为了不让你担心，才骗你的。沙发上的帽子也是你父亲特意留下的……"

李华又问："那今晚父亲为什么徘徊在路灯下呢？"李叔叔说："我也不知道。那份兼职是我给找的，但半个月前就结束了呀。"

这时，急救室内传来一阵咳嗽声。李华听到医生在责怪父亲："你的哮喘病这么厉害，大冷天，晚上怎么还能外出呢？"又是一阵咳嗽，李华听到父亲断断续续地说："孩子上高三了，晚上要学习……"

李华猛地明白了！原来父亲是怕影响他！马叔叔意味深长地对李华说："你父亲哪里是去赌钱，他是在用自己的生命做赌注。他在赌你的前途啊！"

李华泪流满面。他冲进病房，深情地叫了一声："爸爸……"

永远跟踪你

小峰五岁的时候，父亲工伤殉职。小峰和母亲相依为命。

小峰上了初中，不再愿意母亲送他上学，因为他怕同学的取笑。何况学校离小峰家里很近，步行几分钟就到了。

这天，小峰上课时肚子疼，便请假回家。出了学校门口，他发现母亲正在外面徘徊。小峰问母亲怎么在这里，母亲说只是走走。

可是接下来的几天，小峰发现，母亲原来是在偷偷地跟着他。更可气的是，周末，伙伴们来找自己外出玩，母亲仍然偷偷地跟踪。这让小峰更加难为情。

小峰想了一个办法。又一个周末的早上，小峰绕过胡同拐角，又故意拐弯抹角地走了几圈，然后突然跑掉。小峰终于摆脱了母亲的跟踪，快速地和伙伴们会合去郊游。小峰玩得很尽性，直到太阳落山，才回家。

小峰回来时，发现自家附近的一个路口处围着一群人。小峰赶忙跑过去，发现围在人群中间的正是母亲！母亲不停地询问别人，你们谁看见我的小峰了？

母亲看见小峰跑来，张开双臂想要抱住他，却昏倒过去。到了镇上的医院，医生说是过度疲劳导致的脱水症。

小峰安顿好母亲，回家去取些生活用品。拉开抽屉时，小峰发现了一本日记。小峰打开日记，发现是母亲写的。小峰仔细读去，发现日记的每一天记的都是自己。在最近的日子里，母亲更在每页纸上都密密麻麻地写满“小峰”这个名字。

小峰一阵感动。他刚要合上日记，突然又发现日记的封页夹层里有一张纸。小峰打开，发现竟是一张病例诊断书。诊断书上赫然写着：母亲身患渐进性失忆症已经半年多了！

小峰惊愕了。此刻，他的脑海中不断地浮现出母亲蹒跚的身影，不断地浮现出一个无助的女人怎样艰辛地想要留住记忆深处的爱！

小峰噙着热泪向医院跑去。他要告诉母亲：请您永远跟踪我，永远，永远！

救人的理由

周五的下午，学校召开家长座谈会。在会议室里，小蕊忐忑不安，因为这次考试她考得很不理想。

同学们的家长陆陆续续都来了，可小蕊一直都没有看见妈妈的身影。难道妈妈嫌我丢了人，不来参加座谈会了吗？小蕊的心里更加难过了。

座谈会开始了。首先是班主任讲话。可班主任刚开了个头，会议室的门被生生地推开了。一个满面风尘，衣装邋遢的男人闯了进来。小蕊定睛一看，竟然是父亲！

小蕊羞得无地自容。座谈会结束后，小蕊竟没和父亲打招呼，就独自走开了。

傍晚回家，小蕊没有吃饭，就气鼓鼓地进了自己的屋子，任凭父母怎么敲门都不出来。小蕊气呼呼地想：本来我这次考试就丢了人，没想到当农民工的父亲又来给自己丢人！

第二天早上，小蕊质问妈妈："说好你去，怎么让爸爸去了？"妈妈一愣，说："你爸晓得你考试考砸了，就着急忙慌地请假回来的。"听妈妈这样说，小蕊也不好说什么了。小蕊勉强吃了两口饭，就出了门，小蕊说自己想去散散心。

小蕊漫步走到大桥上，看着滚滚的河水发愣。突然，一个女孩惊叫一声，掉了下去。女孩在水里挣扎着。围观的人越聚越多。

"闪开！"随着一声呐喊，一个人影纵身跃入河中。经过艰难的努力，水中的两个人终于挪到了岸边。

人群中爆发出了掌声和叫好声。是爸爸！小蕊赶忙跑下桥去，扶起了父亲。

临近中午的时候，落水女孩的家长提着礼物来到小蕊家，同来的还有电视台的记者。小蕊的父亲连连推辞，说什么也不要人家的东西。

记者面对镜头说了几句开场白后，便采访小蕊的父亲："听说您并不怎么会游泳，可在那千钧一发之际，您是怎么决定挺身而出的呢？"

父亲挠了挠头皮，嗫嚅了半晌，说："其实……，其实俺没想啥子，俺后怕那是俺娃子呢。"

记者愣住了。门口围观的人发出唏嘘声。而小蕊，早已泪水涟涟。

一张永不使用的银行卡

李林十岁的时候，父亲生病去世了。母亲一个人做着零工，辛苦地养育着李林。这样过了两年，一个陌生的男人走进了李林的生活，做了李林的后爸。

陌生男人是一位小学老师，但他却没有一般老师的慈祥。相反，他的脸上有着一条条狰狞的伤疤。后来李林听母亲说，那是他在学校抢救火灾时受的伤害。虽然他好像并不讨厌李林，但看着他的那副面孔，李林怎么也难以和他接近。李林从心里恨他，李林从未管他叫一声爸，也不会主动向他要一分钱。

上了初中，李林的学习成绩还很好，但李林也愈加敏感起来，别人一丁点的嘲弄都会让李林雷霆万钧。到了初三，李林已经成了学校数一数二的刺头。李林打架，逃学，和老师顶撞。最后，李林决定放弃学业，也放弃家庭，李林要一个人去打拼。

母亲很伤心，但她柔弱的性格并不能羁绊住李林。而他在沉思之后，终于同意让李林选择自己的道路。

李林来到了县城的一家冷冻厂。每天，李林辛辛苦苦地劳作着，但李林心里很高兴，李林再也不必接受他的施舍了。

很快，李林在这里已经工作半年了，虽然这期间自己没少受厂长的苛责，但李林还是强忍下来了。

结算的日子，李林早早起来，把自己梳洗干净，敲响了厂长的屋门。听到厂长的应允后，李林推门进入。没等李林开口，厂长已经从抽屉里拿出了一小叠钞票。

李林满心激动地接过工资，颤抖着双手数了起来，可是，李林数了两遍，钱数都不对。要比李林自己算的少三百块呢。

李林问厂长："这钱不对啊。"厂长笑了笑，悠闲地抽出一只烟，再慢吞吞地点燃后，回答道："你做的活儿我也不满意啊。这三百块是扣掉的。"

李林的眼泪差点掉下来。李林没有再和厂长分争什么，就退了出来。毕竟，半年赚到两千块钱，对李林来说已经是天文数字了。

那天夜里，李林彻夜难眠。李林既高兴，又心酸。高兴的是，李林终于有了属于自己的工资了，心酸的是，李林在清醒之余，看不到自己的未来。老实说，半年的劳累已经让李林筋疲力尽了。

第二天中午，厂里的饭菜很是丰盛。厂长竟然还来给李林们敬酒。看着老板满面春风的样子，李林的心里恨透了。他是拿着克扣李林们的钱来装好人啊！

厂长离开后，一同做活的老刘对李林说："知道厂长为什么这么高兴吗？他儿子大学毕业了，今天打电话来说，自己刚和一个公司签了合约，留在城里上班，一个月就赚三千多呢。"

听了老刘的话，李林的心里更加难过了。李林想起自己以前优异的学习成绩，想着自己以前关于大学的梦。如今，自己沦落到这种地步，竟还要受厂长的气！

吃完饭，李林怒气冲冲地推开了厂长的屋门，直截了当地质问他："你到底为什么克扣我的工钱？"

厂长显然没有料到李林会来找他。他怒气冲冲地扔掉了含在嘴里的烟，从兜里掏出了三百块钱，甩到办公桌上："你被开除了，滚！"

李林回了家。李林还要上学！李林要上给这个厂长看看！李林可以不用后爸的钱，李林有了自己的学费！回到家里，李林把赚到的两千三百块钱交到母亲手里，硬硬地说："我要考最好的大学！"母亲的眼睛红红的，泪水无声地滑落。

可是，李林已经退了学，在学校里已经没有了学籍啊。李林又能怎么上学？母亲擦干眼泪后，转身回屋，拿给李林一张纸。李林定睛一看，原来是休学证明。

新的学年，李林又上了一次初三，李林又找回了从前的刻苦与努力，终于，李林顺利地考上了县城最好的高中。

报到那天，他和母亲一起来送李林。他的脸上显现出了少有的笑容，那硬硬的伤疤仿佛也好看了些。

第一个月的回家周，李林并没有回家，而是去了县城的那家冷冻厂。李林咬咬牙根，对厂长说："我考上了县一中了，我还要考上最好的大学！"

李林原以为厂长会为李林感到惊讶，可是没有想到的是，他竟冷冷地说："你去考啊，那是你自己的权利。"

李林没有再到厂里打工。繁忙的学业已经让李林没有一点空闲精力。关键的是，厂长那冰冷冷的话，竟从另一个角度给了李林启发。李林不由得想到自己与后爸的关系。李林凭什么自己逞能，不让他抚养自己，不让他供自己上学？相反，如果李林长大了，能不去照顾年迈的他吗？虽然他是自己的后爸。李林突然悟到，让他供养李林，也是李林的权利！

从此以后，李林竟然带着一种歹毒的心态来对他。虽然李林还不管他叫爸，可等李林缺了钱，李林却会理直气壮地向他要。

三年之后，李林考上了大学。再四年，李林大学毕业，应聘到了一家跨国公司。而如今，李林已经是公司的中层领导。李林想到，当年那个厂长克扣李林的三百块钱其实是在侵害李林的权益，幸亏李林到底给自己维了权！不过，厂长的做法却被李林改良利用：李林常常去苛责手下的员工，然后李林会告诉他们，在现在这个竞争激烈的社会，你们不但要懂得义务，还要懂得权利！

今年的三月，春寒料峭。那天，李林正在公司开会，突然接到了母亲的电话。原来是他病危了。李林赶忙驱车回去。在回去的路上，李林一直在回想以前的日子。李林突然发现自己小时候的幼稚与无知。其实，他作为一个后爸，也算是尽职尽责的。

然而，李林到底没能见他最后一面。那天，在他的葬礼上，李林突然很是伤感。

在泪眼朦胧中，李林发现了一个似曾相识的面孔，是当年那个厂长！他怎么也来参加葬礼呢？叩拜完之后，老厂长向李林走来。在李林迷惑之际，老厂长说："我和你父亲其实是老同学。关于那三百块钱的事，是他嘱托我做的，是他嘱托我一定要在半年后将你挤兑走。但他一直不让告诉你。孩子，你父亲用心良苦啊。”

李林的心突然揪痛起来，但李林强忍着。等到葬礼结束，母亲又哆哆嗦嗦拿出了当年那份休学证明。母亲告诉李林，当年李林前脚迈进了工厂的大门，他后脚就帮李林办好了休学证明。他跟母亲打保票，一定会让李林重返校园。

母亲说完，李林颤抖着接过这张泛黄的休学证明，只见背面写着一行清秀的小字：爱你是我的责任，被爱是你的权利。

顿时，李林泪如雨下。李林不知该如何弥补自己的愧疚，弥补自己对他一直以来的伤害。李林一直以自己的倔强为荣，其实李林竟然无知了许多年！

李林摸到了自己衣兜里的一张银行卡。这张卡里存放着李林真正成年后的第一个月的工资。拿到工资后，李林想起了小时候打工的事，就一分未动地保存下来，想留作永久的纪念。李林颤抖着，打开了他的骨灰盒，轻轻地把这张银行卡放了进去。李林不知道这能够代表什么，但李林多么愿意他能够亲耳听到自己说一句：“爸，感谢你。”

后妈 亲妈

小兰上小学一年级那年，母亲重病去世。父亲又给小兰找了个后妈。小兰听人说后妈都心狠手辣，就整天怯生生地生活着。

后妈果真下得了手。一次，小兰的作业写错了一个字，愣是被后妈用竹板狠狠地打了十下。小兰从此以后写作业就万分小心了。

小兰上完小学，开始念初中。后妈还是每天不落地检查她的作业。不过，每次检查毕竟不像小学那样严格了。后妈检查完，就匆匆地忙活计去了。

到了初三，要报志愿了，小兰心想只有自己早早挣钱，才能摆脱后妈，摆脱那个家，于是就报了中师。

三年中师毕业，小兰参加工作。又过了两年，小兰就结婚嫁到外村去了。小兰终于有了自由，有了自己温馨的家，并很快有了自己的女儿。小兰偶尔也回趟家去看看父亲和后妈，但感觉总是生生的。

转眼，自己的女儿也上学了。小兰就和当年后妈检查自己那样，每天不落地检查女儿的作业。虽然自己不像当年后妈那样打竹板，但女儿出错的时候，小兰也总是狠狠地训斥。

女儿上初中了，有时会向小兰问一些问题。小兰有时候就要费好半天事才能完满地解答。也是，现在的课程和过去变化太大了。但小兰没有露怯，仍是每天都要检查女儿的作业，只不过有些题的对错小兰是真的不敢妄断了。

家里突然传来消息，后妈过世了。小兰赶去奔丧，跪在后妈的灵前，小兰隐约猜到了一件事。

“发送”完后妈，小兰问父亲后妈的学历。父亲不明就里，哪有什么学历呀，她大概只是上了三四年学罢了，不识几个字的。

小兰终于明白了。当年的后妈和现在的自己是多么的相似！小兰在心里默念道，我的亲生妈妈啊，您是不识几个字，但您却把一个字识得透透彻彻，这个字就是“爱”啊！

善念有报

阿华离开家乡到工地上做工已经三个多月了。这天晚上，阿华接到家里的电话：妻子查出了白血病！

撂下电话时，阿华傻了。找不找得到相匹配的骨髓尚不得知，单是巨额的手术费就足以让他心生绝望。

阿华并没有心急火燎地乘车回乡。他需要钱。

阿华一夜未睡。第二天一早，阿华来到一个个偏僻小镇的银行门外，他决心要赌一把。

阿华心里凌乱，头也觉得眩晕。他狠劲地咬了咬嘴唇，骂自己了声孬种，随后竟然看到眼前的楼房在顷刻间变成断臂残垣。

是地震！良久，隆隆声趋于平静。阿华的嘴角竟泛起了一丝笑意。

阿华用血手刨挖着眼前的废墟。阿华费尽浑身气力拉出了几个人。阿华听到他们的呼喊时，竟然忘记了自己要挖的是钱！当阿华拉出那个嘴角长着一颗黑痣的男人后，便直挺挺地倒在了地上。

醒来后，阿华发现自己在简易的帐篷里扎着吊瓶。他身边就躺着那个长着黑痣的男人。阿华想起妻子，便猛地扯下针头，摇摇晃晃地站了起来。

阿华的脚还没有迈出帐篷，却进来了两个记者。阿华的事迹很快成为典型，他成了异乡的英雄。媒体号召向他捐款，救治他的妻子。

阿华很惭愧，却无法将真实的情况讲说出来。他要救治他的妻子。

然而，妻了的脊髓类型太特殊了，时间　天天过去，却始终找不到匹配的。在阿华一筹莫展之际，来了一个人。

来人的嘴角俨然长着一颗黑痣，正是阿华从银行的废墟下救出的那个人。

来人毅然去测验自己的脊髓类型，竟然匹配！

妻子得救了。阿华向那个黑痣男人磕头，谢恩。黑痣男人扶助他，也是泪流满面。

黑痣男人临走时，塞给阿华了一封信：

大哥，谢谢你救了我。其实，我是应该丧命的。地震的时候，我正被贪欲笼罩，我的手里正拿着保险柜的钥匙啊……。你岂止是救了我的性命，你更救了我的灵魂啊！

阿华深思良久，给黑痣男人写了一封回信，信上只有四个字：善念有报。

的确，值得庆幸的是，在被罪恶笼罩时，阿华依然没有丧失仅有的一丝善念。正是这仅有的一丝善念，使他拯救了他人，拯救了妻子，更拯救了他自己！

苏醒的黑客

李林从小就对电脑着迷，他梦想自己能够成为电脑高手，最好是能做个黑客。他极度崇拜比尔盖茨，总想着辍学。父母想尽办法开导他，他都当作耳旁风。

李林上了中学，起初寄宿在学校。过了一段时间，李林向父母提出要在校外和同学合租一间房屋。李林的理由是自己以前的底子差，需要开开夜车补补功课。李林的父母欣然同意了。

李林的父母到李林出租的房屋来过两次，李林都是学习“进行时”，他们就放心地走了。

过了几天，李林料到父母不会再来了，晚上就迫不及待地溜进了网吧。为了避免被老师查到，李林来到了城郊的一家叫“夜的眼”的网吧。

李林上了机，很快被一款新的大型游戏所吸引。这个游戏很血腥，到处都是刀光剑影，但游戏的设计也很人性化，新来的菜鸟可以傍上高手。只要高手同意，就可以跟高手一起行走江湖，纵横四海。

李林很快搭上了一个叫萧风的大哥。这个大哥的在线时间也不是很长，但是级别已经达到顶级。这个萧风也的确有大哥风范，专门扶植新人，提携新手。李林和萧风一路过关斩将，所向披靡。慢慢地李林发现一个怪事，两人打拼来的好装备萧风一点不要全都配给李林，可是萧风却总能变换武器，变换装备，几乎是想要什么就有什么。

李林诧异，发言问萧风有什么秘诀。萧风回复，这还不简单，咱是黑客嘛！

李林一听，顿时羡慕不已，忙问端由。萧风告诉李林，自己可以任意出入任何人的仓库，想要什么就有什么。李林听了，赶忙请萧风教给他秘诀。萧风沉思了一会儿，终于答应教给李林一个破解密码。李林听了萧风的密码，迫不及待地想要试试，就打开内存修改器，输入了破解码。

输完后，电脑屏幕出现了一个盛大的青苹果。

李林盯了几秒钟，突然发现电脑的屏幕正在迅速地放大，周围的人和东西也都在迅速地放大，李林更发现自己正在一点一点地缩小，并迅速地飞向了电脑里面。

李林在四通八达的管道中穿行，等他明白过来时，发现自己已经身处那个网络游戏中了！李林赶忙应付身边的敌人，很快便出了一身冷汗。顷刻，李林笑了，自己在这里，是可以像萧风那样的。李林试着进入高手们的仓库，果然成功。李林把高手们的宝贝洗劫一空。

李林很快在这个世界呼风唤雨，很快便成了二当家。李林身份显赫后，邂逅了一个叫“巧月”的女子，并一见钟情。

李林在游戏中自豪不已，但很快他就觉得，除了“巧月”，这个游戏对他来说已经没有什么意思了。因为在这里，除了萧风，就是自己，没有什么人能够为难自己。李林就和巧月聊天，约她见面。但巧月却说这不过是游戏，自己并不相信虚幻的爱情，没有面包的爱情是靠不住的。

李林知道自己没钱，就灰头土脸地打了退堂鼓，又回到了游戏中。李林疯狂地屠杀，发泄，不管敌我，乱杀一气。冷不丁地，一个霹雳乾坤掌就劈在了带头大哥萧风的身上！

萧风问李林怎么这么火大，李林说，这个游戏没什么意思了。我们武功盖世，腰缠万贯都是假的，根本就一钱不值！

萧风哈哈一笑，说，想要真钱，很好办啊。咱是黑客嘛！你可以潜入银行系统去获取卡号和密码！

李林听了萧风的话激动不已。李林点开银行网站，输入了萧风告诉他的破解码，又将自己化身成无形的电脑程序，很轻松地获取了一个银行卡号和密码。随后，李林迫不及待地来到一家自动取款机前，不废吹灰之力就取出了几千元！

李林很快就发达了，他手里有多少钱自己都不知道了。李林就又联系巧月，告诉巧月自己有钱了。巧月没有说什么，只是传给了他一则新闻：最近，黑客疯狂盗窃银行卡号，涉案金额巨大，情节恶劣。警方正全力侦破中。被盗号的客户悲痛不已，有的甚至急出重病，有的卧床不起，有的自杀身亡！

李林惊呆了。他又惊又怕，后悔不已。他躲着出租屋内，整天蜷缩着。但是，他还是没能躲过警察的火眼金睛。李林在迷迷糊糊中被带进了一座高墙。

到了审讯室，李林发现坐在审判席的竟然是带头大哥萧风！

李林抱住头大声叫喊："你为什么害我?!"萧风面色凝重地说："我没有害你，我是在渡你。你在骗别人的时候，就应该料到自己被骗。"

李林痛哭流涕，嘴里直叫着"后悔"。萧风微微一笑："知道后悔就好。现实世界是没有卖后悔药的，好在这是虚拟世界。你良心的忏悔会换给你一次重生！"

萧风说完，李林的身体便轻盈起来，他飞出了围墙，踏实地落在地上。

……

李林明白过来的时候，发现自己正趴在网吧的桌面上，身边站着父母和一个陌生人。李林赶忙站起身来，向父母认错。并向父母保证自己再也不迷恋网络了。李林的父母点了点头，送李林回了学校的宿舍楼。

回去后，李林问父母他们为什么会在网吧出现，这个陌生人又是谁？父亲面色凝重地告诉了他事情的真相：

其实，李林背着父母去上网，很快就被父母发现了。但从小到大，李林的父母都无法说服李林，让他先以完成学业为重。李林的父母正在想对策时，接到了一个陌生人的电话。

这个陌生人，就是萧风。萧风是刚刚毕业的计算机研究生。毕业后，他主动回到小城来支教，就在李林的学校，过几天就正式上班。他回来除了为家乡的教育做贡献外，还有一个理由是因为哥哥，萧风的哥哥就是城郊那家网吧的法人。不幸的是，他的银行卡不久前真的被人窃取了，一急之下，竟颅内出血瘫于病榻。

萧风回家看哥哥，并暂时帮他打理网吧。很快，他发现李林是个学生，不仅痴迷网游，而且思想里面有着极大的误区，便想拯救他。萧风便在游戏中带李林一步步走向错误，然后让李林在错误中顿悟。

关于李林在电脑中穿梭，那都是李林的幻觉。当李林输入那个破解密码时，电脑上出现的那个青苹果的图像，具有催眠的效果。而在睡梦中出现的内容，都是萧风事先输入催眠程序的。萧风在李林睡眠的时候，从他的手机里翻出了李林家里的号码，然后通知李林的父母赶来……

李林的父亲讲完事情的源由，萧风老师意味深长地告诉李林："所谓的电脑高手，真正的黑客是应该造福于人，而不是谋私利和害人的！"

李林百感交集。他庆幸自己遇到了萧风这样的好人，这样的好老师。李林流着泪向老师和父母保证：自己从今以后一定踏踏实实地学好功课。李林的父母和老师萧风都笑了，他们共同祝愿李林，一定会将自己理想的青苹果孕育成熟！

蹩脚的泥水匠

王成高考落榜后，回家务农。但他下定决心，一定要努力拼搏，活的“风光”一些，不能让考上大学的同学们瞧不起。很快，王成确定了项目，成了小村里“打海米”的第一人。在他的带动下，不少年轻人都干上了这个行当。

这年夏天，虾分外的多，只晒在房顶便晒不下了。王成决定把整个院子的地面都打上混凝土。

给院子打混凝土并不是什么难活儿。王成就给几个好哥们打电话，并让哥们李铁帮忙联系一个会泥水活儿的“大工”。

买来了料，人也凑齐了。大伙儿忙活儿了一天，终于把混凝土铺上了。最后一道工序是再抹一层水泥，抹抹光。这活儿当然要看“大工”的了。

干完后，大伙儿来到小饭店喝了个痛快。

第二天早上，王成早早起床，察看打好的水泥地。可一看，王成就上火了。这地面抹得太糙了，根本就没有光面！但地面快干了，现在再加水泥抹，恐怕也和下面的混凝土成不了一体了。王成咬咬牙，也只好忍下了。

过了些日子，李铁也给王成打来电话，要王成去帮他打地面。这时王成正在海上收货，就没能去。不过，晚上吃饭的时候，李铁还是把王成叫了去。

到了饭桌上，王成看见那个“大工”也在。几杯酒下肚，王成就开起了玩笑：“李铁呀李铁，你怎么还叫他当‘大工’啊！这小子纯粹是个三流的泥水匠嘛，不信，你回家看看他抹的那地面，绝对是个麻子脸！”

王成说完，李铁急了，硬硬地喊了一声：“住嘴！”，而那个泥水匠则端起杯中的酒一饮而尽。

"大工"说："王成说得对。我是个三流的泥水匠，我是个三流的泥水匠啊！如果不是我把我家的地面抹得那么光，我娘也许就不会摔成脑淤血啊！"

王成愣了。原来"大工"把地面抹的粗糙是有原因的。这个"大工"原本是工地上最好的泥水匠，正因为头年冬天老娘在院子里摔倒了，他才从工地上辞职回来专伺候老娘的！

明白真相后，王成很是愧疚，他给"大工"倒上酒，一个劲儿地赔不是。

晚上，王成回家，进厢房去看母亲。母亲正和邻居的大娘唠嗑。见王成进来，大娘说："我正说呢，王成可真是个孝顺的好孩子，你家的水泥地，走着心里踏实啊。"

王成突然哽咽了。那个看似蹩脚的泥水匠，才是最大的孝子。他不仅孝顺着自己的母亲，他还惦念着别人的爹娘！王成突然悟出了一个道理：什么"风光"不过都是表面的，人生真正的幸福就是"走着踏实"啊！

好人不打折

出租车司机陈大兴不久前撞了个红运。那天，陈大兴到医院去送一位乘客，调头返回时，不慎撞上了站牌旁的垃圾箱。陈大兴下车一看，站牌下放着一个黑色的皮包。陈大兴迅速地捡了起来。到了车里，打开皮包，陈大兴一惊：里面放着一个活期存折，存折上整整有两万块呢！陈大兴心头一阵狂喜，有了这笔钱，妻子的病就有救了！

到了家里，陈大兴看见躺在床上面色苍白，虚弱不堪的妻子，心疼起来。妻子检查出病来已经快一个月了，医生说能治，但手术费不低，要两万块。陈大兴一个普通的出租车司机，收入有限，手头目前只有一万余元，所以，手术便推迟下来。没想到苍天有眼，财从天降，手术费竟被自己捡回家来。陈大兴拿着存折，走到妻子床前。

妻子问钱是从哪儿来的，陈大兴说出了实情。妻子一听，连连摇头说千万使不得。妻子说我的病来得及治，不着急。可人家丢了钱的现在指不定多急呢！妻子让陈大兴赶紧拿钱去交公。陈大兴心里一阵说不出来的滋味。他既为自己的能力低微感到自责，更为妻子的深明大义而感动。陈大兴空欢喜一场，第二天一大早就将存折连同皮包一起交到了警察局。

过了几天，陈大兴开车回出租车公司时，被艾经理叫住。艾经理说有位失主来找过陈大兴，说是要好好感谢感谢他。只是左等右等也没等到陈大兴，就先走了，留下了一封感谢信。陈大兴接过感谢信一看，原来丢钱的失主已经拿到了失而复得的那笔钱，非常激动。本来要面见陈大兴表示感谢，但由于陈大兴不在，而且自己也有急事，就先走了。还说以后一定再见。落款人是欧阳生。

陈大兴的事很快就被艾经理传开了。艾经理还在公告栏里专门给陈大兴做了个专题，赞扬陈大兴是模范司机，号召大家学习他的精神。

陈大兴当了模范，既欣慰又辛酸。欣慰的是自己的好人总算没有白当，辛酸的是模范又不能当钱花。妻子眼看一天比一天憔悴，可手术费还差四五千。陈大兴暗下决心，就是不吃不喝，也要把钱攒够。于是陈大兴强打起精神来，昼夜跑个不停。

街灯闪烁，暗夜无眠。已经快到午夜十二点了，陈大兴还在本已不太忙碌的街头穿行。陈大兴又驱车来到了捡钱的那个医院门口。这里是本市最好的一家医院，妻子的希望就寄托在这里了。走到这里，陈大兴的心里还有一种幻想，要是能再捡到钱该多好啊。

在陈大兴走神儿的瞬间，迎面一个路人向他招手。陈大兴打开车门，路人坐了进来。陈大兴打量了一下这人，满脸倦容，看起来疲惫不堪。陈大兴问清了去处后，就开车疾驰起来。

行了一段路，到了一片黑暗的区域。白天这里一家网吧失火，整个这片的供电都断了。陈大兴放慢了车速。这时，坐着副驾驶位置的乘客向陈大兴问了一句："借支烟抽。"陈大兴掏出烟递给了乘客。乘客抽出了一支，点上火。陈大兴斜着眼，借着点烟时的火光，他分明看见乘客的左眼角有一处不太明显的疤痕！陈大兴心里腾地一下，坏了，自己遇上坏人了！也许真是他妈的好人没好报吧，自己今天恐怕就要遭抢劫了！自己今天的辛苦也许就要白费了！

陈大兴心里这样想着，就走了神儿，车子跑偏了。那个疤面人大叫一声，不好！陈大兴这才手忙脚乱地把车开到了正道。疤面人说，你好好开车！接着拿起跟陈大兴借去的烟盒，径直伸手塞到陈大兴的衣兜里。

陈大兴在疤面人把手伸到衣兜的一刹那，头顶腾地冒出了凉汗！他感觉到疤面人的手触碰到了自己的钱包，而自己今天一天辛苦跑来的几百块就装在衣兜内的钱包里！

陈大兴慌了一会儿，但他很快镇定了，一种对妻子的责任与爱心让他镇定。陈大兴在镇定中横下了一条心：今天就是把命搭上也绝不能让歹徒把钱抢走。陈大兴一手开车，一手摸向座垫后的水果刀。这是陈大兴为了防身准备的，没想到今天真的派上了用场。

陈大兴把水果刀紧紧地握在手里。猛地，陈大兴一手熄了车，一手把刀顶在疤面人的身后，声嘶力竭地大叫："快点把钱包放进我的衣兜！快点！"疤面人一听陈大兴突如其来的大叫，竟吓得面色惨白，一边嘴角颤抖着说，好……好……，一边把一个黑色的钱包塞进了陈大兴的衣兜。陈大兴又大叫一声："滚下去！"疤面人跌跌撞撞地开门下车，陈大兴一踩油门消失在夜幕中。

陈大兴好一场虚惊。回了家，陈大兴把自己刚才的遭遇讲给妻子听。妻子的眼角流了泪。陈大兴一边安慰妻子一边摸出自己的钱包。这一摸，让陈大兴又大吃一惊：自己竟然摸出了两个钱包！陈大兴一看，自己的钱包好端端地还在，而另一个钱包无疑是那个疤面人的！陈大兴打开疤面人的钱包，发现里面有两千块现金，还有一个身份证，身份证上的名字竟是欧阳生！竟是上次丢存折的那个失主！陈大兴心里乱了套了，自己鬼使神差地竟然成了抢劫犯！

陈大兴和妻子商量，这事没有别人知道，咱就"眯"了吧。就当是他给咱的感谢费。没想到陈大兴的话刚一说完，妻子当即用虚弱的手掌给了他一记耳光！妻子说，咱错第一步，是不知情；可如果再错，那就是明知故犯了。咱捡了人家的钱都能还给人家，咱哪能"抢"人家的钱呢！

第二天一早，陈大兴拿着欧阳生的钱包，竟自去了公司找艾经理。因为艾经理见过失主欧阳生，陈大兴想请艾经理帮忙当面解释清楚。没想到，推开艾经理办公室屋门的一刹那，陈大兴分明看见那个失主，那个"疤面歹徒"，那个被"抢"的人欧阳生竟坐在屋里！

陈大兴一时不知所措。但欧阳生却好像并不认识陈大兴似的。艾经理忙着介绍，说这位就是司机陈大兴，这位就是失主欧阳生。欧阳生听了艾经理的介绍，赶忙起身，拉住陈大兴的手，说："你真是个好人。"接着，欧阳生讲出了让陈大兴更为吃惊的事。原来，欧阳生是本市那家大医院的主刀医生。最近，做手术的人很多，所以自己一直想去陈大兴家当面表示感谢却始终不得机会。昨天白天，本来有空，于是自己就去银行取了两千块现金，想去找陈大兴。可是医院又打来电话，说有了新病人，欧阳生就只好回了医院，做手术忙到夜里十一点钟。没想到做完手术回家途中惨遭抢劫！欧阳生记下了车牌号，知道了是这个公司的车，知道是恩人公司的车，所以不想坏了公司的名声，就先来公司和艾经理说明情况。

陈大兴听完后，马上从兜里掏出两个钱包。陈大兴将自己当时在车上为了保住给妻子治病的救命钱时的心情和对欧阳生的误会解释了一番。欧阳生听后，又紧紧地拉住了陈大兴的双手，叫了一声："好哥哥，你辛苦了……。你放心，嫂子的病就由我亲自来为她主刀！……"

艾经理看着眼前的两个人，不禁感叹到："两个好人啊！一个拾金不昧，一个知恩图报。"艾经理当即拍板，所有的医疗费都由公司来出。

陈大兴热泪盈眶。他知道，自己的这个"好人"是有些"杂质"的。欧阳医生，艾经理，还有妻子，他们才算是真正的好人。庆幸的是，好人有好报，妻子终于有救了！

陈大兴飞驰回家，他恨不得马上把这个好消息告诉妻子。回家的路上，陈大兴又下定了一个决心，从今以后，自己一定要当好模范司机，一定要不折不扣地做一个好人！

你救了我的良心

奂生靠在铁架上休息了好一会儿，才从刚才的惊吓中回过神儿来。奂生是个架子工，正在六层楼高的半空中绑架子。这两天心烦意乱，老跑神儿，这不，刚才一脚踩空，差点从半空中坠落来去。

奂生靠在铁架上，眼睛盯着几米外的大兴。大兴显然没有发现奂生刚才的险情，还在聚精会神地干活儿。但谁知道他是真的没发现还是故意视而不见呢！奂生心里这样想着，对大兴的嫉恨就更加沉重起来。

奂生和大兴是儿时的伙伴，一起在山里长大。但冥冥之中，老天对奂生总不公平，无论做什么，大兴都比奂生强。上小学的时候，不管奂生怎样努力，都考不过大兴，无论奂生怎样表现，班长永远都是大兴当。上了中学，两个人同时喜欢上了一个叫小莉的女同学。可人家小莉偏偏对奂生视而不见，却对大兴钟爱有加，后来还就真的嫁了大兴。只有一点还算公平，那就是两个人都没考上学，都到城里的工地打工来了。

出来打工，工地很多。但奂生就是要和大兴到一个工地。一个次要原因是虽然奂生嫉恨大兴，但嫉恨是埋藏在内心的，外表并没有什么过激的表现。两人一块儿外出，当然应该在一起；另一个主要原因是奂生不服输，暗地下定决心，出来一定要干得比大兴好，要赢一回。可到了工地才半年，老天又偏起心眼儿来。一样是作架子工，一样干得勤勤恳恳，可包工头前两天说要定一个领班时，偏偏就定了大兴！当了领班后，大兴每月要比奂生多挣两百块呢！奂生心想，我有何面目见家乡父老啊！

奂生这两天就是一直想着这事儿，心里的气才不打一处来。可生闷气又不犯法，谁没生过闷气啊。为什么别人生闷气天经地义，怎么轮到自己了，生生闷气都不行，竟差点掉下去！

奂生幽怨的眼神继续盯着大兴。突然，一个让他自己都心惊肉跳的想法在脑海里萌生了：我会踩空，差点儿掉下去，他当然也会踩空，自己掉下去！这很正常，没有人会怀疑！而且现在只有我和大兴两个人在东面墙上绑架子，没有人会看见！

想着想着，奂生的双脚不由自主地向大兴移去。奂生的心跳在急剧加速，但他逼迫自己冷静下来，只要大兴掉下去了，压在自己心头多年的石头就会被搬掉了，自己就不会活得这样沉重了！奂生移到了大兴身后，毫不犹豫地猛力一推！

但是，由于过度紧张，奂生推偏了。虽然也推动了大兴，但力量是擦着过去的。大兴扶着铁架，向后趔趄了几米，但毕竟没有掉下去！

奂生傻了，呆在那里发抖。他明白自己现在已经成了一个谋杀未遂的凶手！怎么办？自己接下来该说些什么？怎么辩解？奂生在极度的惊恐当中还没有想好答案，突然眼前一黑，就什么也不知道了。

醒来的时候，是在医院里。奂生睁开眼睛，看见坐在床边，握紧他手的竟然是大兴！奂生还没有明白过来是怎么回事儿，只听见双目含泪的大兴跪倒在地说了一句，好兄弟，谢谢你，救了我的命……

大兴说，当天就在奂生推开大兴的一瞬间，几十米高空的天车上吊挂的一车泥沙意外地倾落下来，位置刚好是大兴捆绑钢架的地方！奂生推了大兴，救了大兴！

奂生出院的那天，大兴抹着眼泪和奂生磕了头，拜了把子。奂生和大兴从此成了生死兄弟。两人请了几天假，回了趟家乡，大兴逢人便说奂生舍己救人，救了他的命。

在家待了两天，两人又回了工地。这一干，就到了年根儿。到了年根儿，工人们要回家过年，大伙儿便一起纠结着去跟工头要工钱。可是工头却说我手头正紧，没有钱给大家，请大家见谅。奂生火了，拍着桌子说老子拼命给你干，差点被砸死，到头来你他妈的连一分钱都不给，老子跟你拼了！工头推开奂生说，大家的心情我可以理解，不过我确实没钱。我会想办法的，大家先等等。不过，你什么时候差点被砸死了？奂生说你的安全措施不到位，那车泥沙就砸在我身上！工头一听摇头说，你别胡说八道了。哪有的事儿？

你怎么能胡编乱造呢……

大伙气呼呼地回了工棚，准备明天再去要钱。晚上睡觉的时候，奂生悄悄地问了几个工友，工地上的天车上到底有没有掉下过一车泥沙？工友们都诧异地回答说没有。奂生这夜失眠了，躺在木板上翻来覆去难以入睡，奂生起来给大兴掖了几次被角。每次站到大兴床边，奂生的眼里分明噙着晶莹的泪花。奂生知道，不是自己救了大兴的命，而是大兴救了自己的良心！

锅底的蚂蚁

阿成和雪花在大学里相识相恋，毕业后，雪花向阿成提起结婚，阿成回绝了。雪花要阿成去见见自己的父母，阿成说等自己混出了人样再说。

阿成先是在一家公司打工，但只做了两年。有了些钱后，阿成便做起了自己的生意。

生意起初是顺利的。阿成的胆子便大了起来。雪花劝阿成稳重些，阿成拍拍雪花的肩膀，踌躇满志地说，等我再做一笔大的，咱们就结婚。

阿成做了一个大手笔，却一败涂地。阿成一直回不过神儿来，便开始酗酒，阿成期盼在麻醉中好过一点。

阿成记得明天就是雪花的生日了。阿成想亲自为雪花做顿饭，然后离开雪花，那样才不至于毁了雪花的一生。

但锅已经被阿成打碎了。阿成装疯的时候打碎了那口陪伴了他们两年的锅。阿成说自己亲自去买口锅吧，雪花告诉阿成城东的那家炊具店的锅是最好的。

阿成来到了炊具店。炊具店的门口竟然有个相士。阿成停下来，询问相士自己的处境。绝境，相士缓缓地说。

何方有出路？阿成需要指点迷津。相士抓起一只蚂蚁，放在一口锅的锅延上。蚂蚁一不小心，滑了下去。一滑，便到了锅底。锅底的蚂蚁惊慌失措，便用力地向上攀爬。

阿成猛地一震，眼睛明亮起来。谢过相士，买锅，买菜，回家，做饭。

阿成没有绝望地离开雪花。阿成有了新的决定。就在家里为雪花做饭，就在家里码字，写作。就这样。

又过了两年。阿成已经是全国闻名的写手了，阿成的书一路畅销，名利双收。

阿成要和雪花结婚了。雪花问阿成，当初怎么就振作了呢？

阿成说，是蚂蚁告诉我的。蚂蚁在高高的锅延上时，一不小心，错了方向，便滑到了锅底。而到了锅底，蚂蚁不管选择哪个方向，只要肯努力，便是向上的。

雪花欣慰地笑了。阿成终于肯随雪花去见父母。进了家门，阿成哑然失语。两年前在炊具店门口见到的相士，是雪花的父亲。

妻子的礼物

李欣最近总觉得头昏脑涨，失魂落魄。李欣和妻子结婚的时候，只是个公司的小职员。李欣一直觉得愧对妻子，就更加拼命工作。整天逼迫自己快节奏，的确让他的身体吃不消。

回到家里，李欣疲倦地躺在沙发上。妻子端过一杯热茶，轻轻地放在李欣身边。然后轻抚着李欣的肩膀说："你记得明天是什么日子吗？"

李欣没有回答，却打起了鼾声。李欣知道明天是他和妻子的结婚纪念日。他想，自己是该给妻子一点惊喜了。

又起个大早，李欣打车去公司上班。腰间一振，李欣翻开手机信息，是另一家公司的职员大刘的。大刘催促李欣把公司的一项重要的商业机密交易给他。

李欣犹豫不决。如果他出卖了公司的机密，他就可以得到一套近百平米的楼房，他就可以和妻子搬离现在蜗居的斗室。

李欣早早回家。亲自买菜，亲自下厨，亲自倒满红酒。盈盈烛光中，妻子对李欣说："猜猜我给你买的礼物是什么？"

李欣数猜不中后，妻子竟推出一辆自行车。妻子说："你的身体很是缺乏锻炼了，以后就骑车上班好吗？"

李欣点头答应，然后诡秘地对妻子说："我也会给你惊喜的。"没想到，李欣说完，妻子只是摇头，说："我不要什么惊喜，只要你能常像今天这样陪陪我就好。"

第二天一早，李欣推出自行车。到了路上，李欣腰间又振动了起来。李欣翻开信息，却是妻子发来的。

李欣心头一震。待大刘再发信息来时，李欣果断地回绝了。

这天下午，公司老总宣布：李欣升任部门主管。李欣隐约明白，大刘或许是老总安排测试自己的。

李欣回家，真的给了妻子惊喜，兑现了自己的诺言。他在日记本上郑重地记下妻子发来的那句信息：慢下来，等等灵魂，等等爱。

就不在乎你

余芳在一家私企上班，有时业务繁忙，晚上还要加班。起初，余芳还总打电话让丈夫来接她，慢慢的，她心疼丈夫，就自己回家，不让丈夫接了，而丈夫慢慢地也好像心安理得似的了。

最近，公司的上司竟有意无意地对余芳献殷勤，令余芳很是恼火。余芳就对丈夫说了此事。没想到丈夫嘻嘻一笑，竟一点儿都不生气。

余芳很是心酸，都说“七年之痒”，没想到真在自己身上应验了。结婚七年了，丈夫真的开始不在乎她了。

余芳一心酸，就要起脾气来，家里的家务也不好好收拾了，对丈夫也开始冷眼相对。而丈夫还是笑嘻嘻的，好像一点儿都看不出自己的变化。

余芳一狠心，买了一套很妖娆的服装，并故意在晚上加班回来穿。没想到，这一招还是不顶事，气得余芳偷偷地抹眼泪。

星期天，余芳决定回趟娘家，去看看住院的父亲，顺便跟母亲叨咕叨咕心里的烦恼。一年前，父亲骑车驮着母亲上街，遭遇车祸，母亲脸部受伤，而父亲竟然得了失忆症。

到了医院，正是病人外出放风的时间。余芳发现，父亲正坐在一条长凳上，和一位老太手舞足蹈地聊得正欢。余芳上前和父亲说话，父亲根本就不认识她，竟拉着老太的手走开了。

余芳呆在原地。这时，母亲走了过来，母亲笑着说：“你爸正和这老太‘谈恋爱’呢。”余芳更愣了，父亲和别人“谈恋爱”，母亲竟能笑得出来？难道母亲也一点儿都不在乎父亲了？

母亲却说：“怎么不在乎啊。不过你老爸的病要恢复，贵在心情舒畅。等他病好了，我就不信他会不爱我。还有，你有没有发现那老太长得特像我?”

余芳没有把自己心中的烦恼事跟母亲说。

余芳回家后，把父母的情况告诉了丈夫。丈夫却说：“父母的情况我都知道，其实我晚上有时是抽空去看他们呢。其实我很佩服母亲，她的貌似不在乎其实是包含着对父亲的信任和爱啊!”

“那你对我的不在乎呢?”余芳问。丈夫紧紧搂住余芳，轻轻地回答：“你说呢?”

把爱情放进衣橱

今天早上，我到银行去取零用钱。当我刷卡时，不禁吃了一惊：我的卡里竟无端地比上次取钱时少了1300元！我思忖了片刻，马上明白了：一定又是我那乱花钱的老婆干的！

我的老婆叫馨雅，原是个漂亮典雅的女孩子。结婚后，我们住在单位的临时职工宿舍。我们决定省吃俭用，攒了钱买自己的房子。我们把每个月的工资都存进银行，家里只放着一张活期的银行卡，里面存着有限的零花钱。这张银行卡就放在床头的暗格里，谁用钱就自己去取。但结婚后不久我就对老婆失望了，我发现她远不是结婚前的那个典雅而有品位的馨雅了。她隔三岔五地买些廉价货回来，简直就是个低俗的购物狂！

这次少的钱，一定又是她支取的！回到家里，我两眼紧紧地盯着她："你花了一千多块钱到底干什么了？告诉我！"老婆低声说："我买了我想买的东西，但我不想告诉你。"本来我就生气，听老婆这样说我就更生气了。我摔门而出。

走在大街上，我忽然想起了一件事。半个月前，单位的女同事小丽买了一件羊毛风衣，老婆看见时露出满脸的羡慕之情。我明白了，她一定是给自己买风衣了！这样想着，我又去了趟银行刷了次卡，然后迈进商场，鬼使神差地买了一件标价1300元的西服。这身西服是我艳羡已久的，但是为了省钱一直没买。我买了西服就算是和她扯平了！

回到家里，老婆没在家。本来就是赌气，所以我也没有心情试衣服，就把新买的西服径直挂进了衣橱。在我打开衣橱门的时候，猛地发现衣橱里不知什么时候，已经挂了一件和我刚买的一模一样的西服！这身西服的衣兜边上还掖着一张纸条：送给老公的结婚礼物。我猛地记起，明天就是我们的结婚纪念日！

顷刻，我的眼角湿润了。我冲出屋门，径直奔向商场。我要退了西服，换一件漂亮的羊毛风衣，并悄悄地把它放进我们的衣橱……

爱你没谎言

秦江科技大学的女大学生李惠最近有件心事：两个男生同时向她射出了丘比特的神箭！虽然李惠心里更喜欢许巍一些，但是唐风却也不甘示弱地对自己死缠烂打。怎么办？李惠把心事向同宿舍的姐妹们一说，姐妹们异口同声地给李惠出了个招：考验！

五一黄金周，班长搞来几张团体票，是去居庸关踏长城的。李惠生在平原，从小就梦想着到高山上去看看风景，去大吼几声，而能登上长城无疑就具有更大的吸引力了。李惠赶忙报了名。看着李惠报了名，许巍和唐风也争先恐后地跟班长套近乎，各自弄了一张票。

踏上了长城，举目望去，李惠顿觉心旷神怡。走到了居庸关一段，李惠发现前面围着好多人，就走了过去。只见前方的长城墙面上刻着“爱情长城”几个大字。城墙边上有位女士正在介绍，说情侣花999元即可认购“爱情墙”上的一块城砖，并可在上面随意刻字。李惠心想，这倒是检验许巍和唐风的一次绝好的机会，就站在墙砖下故意不肯离去。

李惠发现许巍和唐风都把手伸进了衣兜。很快，唐风拿出钱包，在里面麻利地数出一千块，交给了介绍的那位女士，然后拿着女士递给他的刻刀在墙砖上用力刻下了“唐风永远爱李惠”几个字。李惠心里漾起一丝甜甜的感觉，但同时又有一丝遗憾，因为许巍不知道什么时候不见了踪影。

回去的路上，唐风坐在李惠身边，海阔天空地和李惠闲聊。李惠一面应承着，一面用眼角瞥见许巍正和同班的女同学坐在一起有说有笑。李惠心里想，原来许巍根本就没拿自己当回事，怪不得许巍没有舍得为自己花钱刻砖呢！

回到校园，李惠接受了唐风的追求。李惠慢慢知道，唐风的父亲是个商人。李惠是个浪漫理想的女孩，但也很现实。她一方面为唐风殷实的家境感到满意，另一方面也有些莫名的不安，她觉得这样的男朋友让他没有安全感。不过唐风对李惠的呵护备至又让李惠深深地感动。唐风开玩笑说，等毕了业，我们两个就结婚，你一定要给我生个胖娃娃！李惠总是含笑不语。

转眼，放暑假了，唐风单独约了李惠又来到了居庸关的城墙脚下，李惠看着那块刻了字的墙砖，深情地望着唐风。两个人玩得很尽兴，但李惠突然觉得很疲惫，于是就地分手各自坐车回家了。

回到家里，李惠整整睡了一天，她不知道自己为什么莫名地觉得疲惫。李惠去了医院检查，原来自己的子宫里面竟然长了好多肿瘤，弄不好要切除子宫！李惠吓的心惊胆战。李惠打电话将自己的病情告诉了唐风。当唐风风尘仆仆地赶到李惠身边时，李惠将一个极坏的消息告诉了唐风：为了安全起见，自己已经擅自同意把子宫切除了，恐怕再也不能有小孩了！唐风拥着李惠，两个人哭成了泪人。

就在两个人悲痛欲绝的时候，唐风接了一个电话。接完电话后，唐风向李惠道了一声保重，就匆忙地告辞离去了，任李惠怎么问唐风也没有说是什么急事。李惠感到一阵心寒。

起初，李惠还能接到唐风嘘寒问暖的电话，可是慢慢地就没有了唐风的音讯。极度伤心之中的李惠拨通了唐风的电话，平静地说了一句，我们分手吧。没想到李惠听到了唐风更为平静的回答，好吧。

开学了，李惠深藏了自己的伤心，回到学校。李惠碰见了唐风，两个人都欲言又止。李惠发现唐风一如自己，也消瘦了，憔悴了。然而李惠知道唐风的憔悴对自己来说，就像是自己的憔悴对唐风来讲，彼此已经没有任何关系。李惠只想沉下心里，好好完成最好一年的学业，忘了这份原本就虚无缥缈的恋情。

但是李惠发现，这时候许巍在有意地接近自己。也许许巍还对自己有意吧。可是，李惠这时候已经不敢再轻易相信任何男人的话，不敢轻易接受任何男人的爱意了。不过许巍并没有急着向李惠示爱，只不过是无微不至地给李惠关怀和爱护。

学完了编程和网页制作，老师给学生们布置了作业，要学生们有创意地设计应用。两天后，就在大家还刚刚着手起步时，许巍的作业已经完成了。在网络教室里，许巍打开了网页，展示在大家眼前的，是一面光辉逼真的城墙。许巍说，这是一面“爱情墙”。我制作这面“爱情墙”是为了一个女孩。当初我没有能力拿出 999 元购买一块长城墙砖刻下我对她恒久不变的爱情，今天我建立了这个网站，让我对她的爱在此永久安家落户！许巍哽咽了一下，接着说，这面爱情墙，只要写下话语，就永远不可删除。所以，不管那个女孩发生了什么，我对她的爱都永远不会改易！另外，这面爱情墙，是免费的，它将是所有彼此真爱的恋人的爱情家园！听完许巍的话，李惠心如乱麻。她为许巍的痴情而感动，为自己当初对许巍的误解感到内疚，更为自己当初的选择而懊悔。

许巍一如既往地关爱着李惠，李惠的心也慢慢靠近了许巍。毕业后，两个人心有灵犀地应聘到北京的同一家电子公司，做了都市白领。许巍还精心地维护着他的网站，而李惠上了网便会到许巍的网站转一转。半年后，李惠终于在许巍苦心设计的那面“爱情墙”上刻下了自己的名字，接受了许巍的爱情。

李惠问许巍，你喜欢孩子吗？许巍说，喜欢啊。李惠伤感地说，我不能生了，你不介意吗？许巍笑笑说，有你就是我的一切。李惠紧紧地抱住许巍，流着泪水说，我一定会给你惊喜的！

许巍真的没有想到，惊喜果真来了，结婚后，悄无声息的，李惠竟然怀孕了！许巍手舞足蹈的，高兴得像个孩子。在医院里分娩的那一刻，许巍拥着李惠哭了。许巍说，这是真爱的力量！

孩子满月了。许巍一个人忙前忙后，在家里置办了一桌丰盛的席宴。因为喜悦，许巍喝了不少红酒。当许巍醉醺醺地倒在沙发上时，李惠将他扯了起来，并告诉了他一个惊人的秘密：李惠能够顺利怀孕并生下孩子，是有隐情的。李惠当初被医院检查出的子宫肌瘤并不是恶性的。李惠之所以对唐风说是恶性肿瘤并摘除了子宫，是他对唐风的又一次考验。没想到，纨绔子弟毕竟没有专情。唐风真果没能经受住考验，竟然抛下李惠逃跑了！李惠当时伤心不已，但同时也暗自庆幸，毕竟自己识破了唐风的真面目。于是，李惠平静地和唐风分了手。

听完李惠的讲述，许巍也道出了一个让李惠吃惊的隐情：唐风当初的

"逃跑"也是别有缘由的。其实，当初李惠隐瞒病情的做法并没有骗得了唐风。唐风软磨硬泡医务人员，终于知道了事情的真相。但唐风并没有怪李惠，他想李惠这样做，或者是深爱他，或者是已不爱他。可就在这时，唐风接到了母亲的电话，说家里有急事要他回去。回到家唐风才知道，父亲在一次大的生意上失利了，除了将以前的资产全都赔净外，还欠下了一大笔债务。父亲遭受了巨大的打击，跳楼自杀了。唐风知道，父债子还，这时的自己已经不再是以前的阔少了，而已经变成了一个一文不名的穷光蛋！唐风更知道，自己也许很难再给李惠幸福了，所以，在他听到李惠主动提出的分手的要求后，就平静地答应了。开学返校，唐风找到许巍，告诉了许巍李惠的病情，并流泪恳求许巍照顾好李惠……

许巍没有说完，泪水已在李惠的眼角情不自禁地滑落。此刻，李惠深深地感觉到，遇到唐风和许巍这样两个男人，是自己今生最大的幸福。那刻在居庸关的城墙上的，和那刻在虚幻的网络世界里的爱的诺言，原来都是真实的！

相比之下，李惠觉得，自己处心积虑地对两个男人的考验是那样的浅薄！李惠在心中满怀愧疚地对唐风默念了一句保重，然后告诉自己，坐在眼前的许巍更是值得自己一生珍惜的爱人！然而，李惠没有再说什么，她只是紧紧地握住了许巍的双手……

丈夫的私房钱

李梅收拾屋子的时候，发现丈夫的书箱班驳了一片。仔细一看，原来古铜色的油漆脱落了不少。丈夫什么钱都舍得在她的身上花，可轮到自己时却总是马马乎乎。李梅眼睛一热，不禁想起两年前嫁给丈夫时的情景。

其实，说起李梅的婚事，同事们的态度一直以来都是矛盾的。有的说“一朵鲜花插在了那啥上”，有的说“歹汉娶花枝”，但也有打心眼里羡慕不已的。

也是，论李梅的长相，气质，学识，真算是貌过西施，才比易安。一句话，出类拔萃。李梅又正值妙龄，身后的追随者自然是趋之若骛，可总也没见李梅颔首同意。同事们便都说，李梅人出众，心气当然高。可说归说，有的便嫉妒，心里咒着看你找个啥熊样。

真让这种人说中了。等到李梅通知大家参加婚礼的时候，大伙不禁唏嘘一片。新郎原来是个身材不高，相貌平平的瘦“四眼”。但接下来的场景又让大家瞠目结舌。新郎掏出颗光芒四射的东西戴到了新娘的手上。后来大家才知道是颗超纯白金钻戒，两万多块呢。这在靠工资生活的工薪族中，也着实是让人羡慕不已的了。

刚结婚那阵儿，人们对李梅的婚后生活却并不看好。人们都不了解“四眼”的底细，都觉得李梅是贪图财富，爱慕虚荣，不会有好下场的。可转眼过了两年，人家小两口平平静静的，也没见刮起什么波澜。

其实，李梅自己心里清楚，当初嫁给“四眼”决不是心头一热，更不是什么嫌贫爱富。李梅就是看中了“四眼”一个实诚，李梅觉得嫁给这样的人心里塌实。至于婚礼上“四眼”给她戴上的蓝宝石钻戒完全是在她的意料之外的。不过，“四眼”说的一句话让她感动：“送你一块石，代表我对你石心石意”。李梅心里话：“看你老实巴交的，可也有花花肠子”。但李梅仍是感动，觉得自己真是找对了人。其实，婚后的生活李梅才更感动。丈夫有上进心，工作卖力，每天早出晚归的，像个男人。丈夫又不吸烟，不喝酒，自己什么都舍不得，就连自己需要的一个书架都不割舍的花钱，却总是隔三差五的给李梅带点东西回家。眼下，李梅抚摩着落漆的书箱，心头又怎能不热呢？

李梅心里一热，眼泪都差点滴落下来。便打开箱子，发现里面的书籍有些是整齐地码着的，有些是散乱的堆放着。哎！一定得张罗着给丈夫买个书架了。李梅想，还是先帮丈夫整理整理这些书吧。李梅便把书一层一层地搬了出来，想重新放进去码整齐。可搬到最下面一层时，李梅不禁一惊：书的下面，还有个小木匣。李梅匆忙的拿出木匣，放在底上，迫不及待的打开一看，更让她吃惊不已：里面是一叠的百元现钞！

李梅惊魂不定，她万万想不到，一向老实巴交的丈夫竟背着她藏私房钱！这是为什么呢？李梅又不由自主的回想着婚后的生活。突然，她想起一件事，心里就愈加恐慌起来。

婚后，一直令李梅不安的一件事就是丈夫总说不急着要孩子。李梅每次说时，他就总是以事业为重搪塞。李梅起初通情达理，很是为丈夫的心劲儿高兴，但时间长了，也就感到烦躁了。尤其是每当同事们彼此议论夸奖各自的孩子时，真让她尴尬不已。

有一天晚上，温存的时候，丈夫又让她吃药。李梅心里难受，不过她不言语，只顾亲吻丈夫，又咬又啃的。丈夫显然激动起来，热烈的回应着。可箭到弦上时，丈夫却猛地坐了起来。“你怎么了？”，李梅喃喃的问。“吃药”，丈夫看着她。“咱要个孩子吧，我想要”，“再等等”。李梅刚才心里便委屈着呢，满怀委屈却又主动地疯狂地甚至有些放荡地努力了半天，到头来竟是这样的结果。李梅再也忍不住了，也忽地坐了起来。“等等，等等，等到猴年马月？看不透你个熊样有个啥出息！”

不过，生气归生气，李梅随后又理解丈夫了，难得丈夫有上进心。可这次李梅望着眼前的现钞，私房钱，心里却怎么也不能平静了。李梅又想起前两天同事小刘突然离婚了。原因也是先没有孩子，随后丈夫有了外遇。李梅不禁更加惶恐起来：莫非丈夫也——

但李梅前思后想的竟又异常的冷静下来。她觉得先想法儿试一下丈夫，不急着挑明才是上策。毕竟她是深爱着丈夫并且也一直相信丈夫是深爱她的。

晚上，李梅特意准备了丰盛的晚餐。丈夫回来后，她又主动的上前接过了外套，又在丈夫的额头上轻轻的印上了一个吻。晚饭后，李梅又温柔地铺好了床，钻进被窝含情脉脉地看着丈夫。可丈夫却又不温不火地把药盒往前一推，让李梅吃药。李梅再也无法忍受了，一把从枕下拽出盛钱的木匣，摔在了地上。

李梅恨恨地说："你不必隐瞒什么，有什么事就直说！我不是死皮赖脸的人，你说明白了，我会成全你们的！"不等丈夫回话，李梅又把手上戴的钻戒摘了下来，扔到了床上，说："还给你这虚伪的石心石意！死四眼！"李梅正在气头上，连丈夫的外号都骂了出来。

"四眼"并不恼火，嬉笑着劝说李梅别生气。李梅一看丈夫这副嘴脸，分明是心虚的表现，就更加确信了自己的猜测。正在这时，"四眼"的手机响了，李梅止住闹声，隐约听见里面是个女人的声音。"四眼"给李梅丢下了一句"回来跟你解释"，便匆忙穿好衣服，出去了。李梅"哇"地一声大哭起来。

丈夫整夜未归，李梅抽噎了一宿。第二天一早，红肿着眼睛上班去了。同事们看李梅神情疲惫，面目憔悴。便上前询问，李梅只是搪塞，说感冒了。丈夫打了几次电话，李梅都没有接。中午，李梅在单位食堂草草地耙了半碗饭，觉得没滋没味的。其实，这时就是有山珍海味，李梅又怎么吃得下。不过，李梅好强，生怕同事们看出破绽，才勉强吃了两口的。

傍晚，下班了。李梅坐在办公室里愣愣的不动。同事们大都回家了，只剩下住单位的小吴。小吴笑着问，和老公生气了吧？李梅强做笑颜的说，才没呢。这时，丈夫的电话又打来了。李梅迟疑了一下，接通了。电话里传来丈夫沙哑的声音："有话回来说"，李梅一来怕同事看笑话，二来又急切地想知道事情的真相。就回了一句"我会回来的！"便挂断了电话。

回家的路上，李梅心里七上八下，她想象着回家后可能的情景。大不了就是离婚，李梅心一横，向家里赶去。

到了家门口，李梅犹豫了一下，随即用力推开门。看见丈夫正窝在沙发里，沙发上面乱摊着一堆书。李梅心里骂到："死鬼，这时候还有心看书！"

丈夫看见李梅回来，从沙发里“腾”地站了起来。

李梅先开了口：“我回来了，有什么话你就说吧！要不要先说说昨晚上约你的美女是谁?”“四眼”一怔，用手推了一下眼镜，干笑了一下，随后，用手指着沙发上的一堆书说：“先看看这些书吧。”李梅不知道丈夫葫芦里面卖的什么药，就走了过去，一本本的翻了起来。李梅更加摸不着头脑了：原来，每本书里都有一篇署着丈夫名字的文章！李梅不解，问：“你发表了这么多作品，不得了了，我配不上你了，对吗?”“四眼”又一怔，上前拉住李梅的手，把一切都抖露了出来。

原来，“四眼”在追求李梅那阵儿，很是为自己的仪表不佳感到自卑。在“四眼”的心中，李梅就是圣洁的天使。“四眼”以为李梅这样优秀的女子，当然是追求浪漫的。可自己刚刚参加工作，没有业绩，更没有钱财。但“四眼”为了不让李梅委屈，就跟朋友借了两万块钱，为李梅买了一颗蓝宝石的钻戒。婚后“四眼”又不想让李梅知道自己欠债，怕李梅伤心，于是就自己想着法子攒钱来还债。“四眼”上学时就好写点东西，还债所迫，便真想拿爱好当饭碗用。每想到，投递出去的东西，竟三三两两的发表了。“四眼”很高兴，但也没告诉李梅，只想在把债还清后再给李梅一个惊喜。至于孩子，“四眼”也是这样想的。“四眼”想把债还清后，而自己又小有成就时，再要孩子也不迟。

李梅听丈夫说完后，泪水情不自禁的顺着已然憔悴不堪的脸颊流下。但这次的眼泪却是幸福的，流淌进嘴中，竟然甜丝丝的。

但李梅又忽然想起昨天晚上的那个女人的电话。究竟是什么女人，有那么大的魔力，让丈夫迫不及待的出去而又夜不归宿？“四眼”一听，笑了。“再告诉你一个好消息，今天上午，我和同事李萍的科研成果被局里报到国家农科所去申请专利了。昨天晚上，李萍叫我去，是再把申请报告做最后的审阅。幸亏昨天晚上又审阅了一遍，更正了一处措辞不当引发歧义的地方。要知道，科学上的东西，失之毫厘，谬之千里呀……”

李梅不再言语，只是紧紧的抱着丈夫略显单薄的身体。“四眼”推开她，进了里屋，随后出来，把那颗光芒四射的纯白金钻戒深情的戴到了妻子的手上。

忘年之爱

盛夏，欧阳伦将公司的业务交给助手，和妻子李佳来到承德避暑山庄。在宾馆稍事休息，安顿好妻子后，欧阳伦独自一人来到了勤政殿。欧阳伦刚过而立之年，就有了不小规模的公司，除了凭头脑、运气以外，更重要的是他的勤奋。所以他来这里也是为了警示自己。

欧阳伦在勤政殿参拜完毕，刚想回去，却被一个陌生人拦住。欧阳伦打量这个人，一副仙风道骨。欧阳伦问他何事，这人只是叹气。在欧阳伦的再三追问下，这人才说，恐有血光之灾呀！欧阳伦忙问：谁有血光之灾？这人说，你的家人。欧阳伦想问他如何破解，这人只是摇了摇头，就闪开了。

欧阳伦赶忙回到住所，发现妻子好端端地还在，才稍稍安心。他没有将刚才遇到的事告诉妻子。在避暑山庄住了两日，欧阳伦就和妻子匆匆的离去。

欧阳伦作为商人，并不是那种无知的暴发户。这些年来，欧阳伦用高薪聘请了不少人才为他打理公司，所以他才有时间和心情去避暑消闲。只是这次度假实在是令他恼火。不过回来后，发现公司一切运转正常，业绩蒸蒸日上。欧阳伦的心里这才稍稍好过了些。

这天，欧阳伦正在公司开高层人员会议，听业务部经理梅子洁报告工作。秘书小陈神色慌张地闯了进来。小陈靠近欧阳伦的耳朵说出了一个让他震惊的消息：接到警局的电话，刚刚发生了一起严重的车祸，肇事者逃逸，受害者已经死亡。

欧阳伦驱车赶到现场，他发现妻子李佳正倒在血泊中。他抓起妻子的手，欧阳伦发现妻子的眼睛睁得大大的看着他，满含着不舍。欧阳伦悲恸不已，他哀号着抱起妻子。在起身的瞬间，他看到地面上散落的蛋糕，蛋糕面上依稀可以看见欧阳伦的名字。他记起今天正是自己的生日！

欧阳伦处理完妻子的丧事，整天陷入无比的悲痛之中。这段时间，欧阳伦将公司的业务全都交由梅子洁打理。梅子洁是学经贸的女硕士，工作能力很是出色，梅子洁前段时间谈成的客户最近和公司的业务往来很是频繁，公司最近的盈利很是可观，也算不枉当初欧阳伦花高薪将她聘来。

公司的业绩持续上扬。自从妻子李佳去世后，公司的会计部经理的位置一直空着。这个位置掌控着公司的命脉，欧阳伦本想让梅子洁兼任，但他想到这样会无端地增大她的工作负担。于是欧阳伦决定公开招聘一名会计部经理。

招聘的结果让所有人感到意外。大家都知道欧阳伦用人不拘一格，不过这次着实有些离谱。欧阳伦选中了一个面容稚嫩的小姑娘。

招聘会后，梅子洁找到欧阳伦，表示了自己担心。其实，欧阳伦能够感觉到，梅子洁一直以来对自己的关心，远远超出一般下属的份内。不过，欧阳伦却平和地说了句："不要说了，我不会看错的。"

欧阳伦的确没有看错，小姑娘的工作真的很出色，就像梅子洁一样。小姑娘将公司的账目弄得有条有理。过了些日子，小姑娘形容憔悴，不过却不再稚嫩，显得成熟了很多。

妻子去世后，心中的伤痛加上生活没有规律，欧阳伦的身体每况愈下。这天，欧阳伦感冒得很厉害，他在办公室的沙发上蜷缩着。梅子洁敲门进来，拿来了一板白加黑。欧阳伦接过来，放到了茶几上。这时，会计部的小姑娘也推门进来，手里端着冲好的药。欧阳伦坐了起来，他瞥见热腾腾的药水里晶莹地浮动着两枚熟悉的姜片！欧阳伦端过药，一饮而下。不错，正是他熟悉的那个味道：板蓝根加感冒冲剂！说来也怪，只有这副药对欧阳伦的感冒起作用。以前每次感冒，都是妻子亲自端药给他。欧阳伦深情地望着小姑娘，说了声，谢谢。

过了一会儿，梅子洁向欧阳伦汇报了一桩大生意。以前梅子洁负责的客户想要与公司一次性地签署一份大协议。欧阳伦做生意既谨慎又大胆。他不会草率地决定一桩生意，也不会轻易地让锅里的鸭子再飞走。通过几次与这家客户的生意，让欧阳伦定下心来，要做一次大手笔。

约定了签约的时间和地点，欧阳伦意气风发，决定亲自出马。本来会计部经理应该和业务部经理都应该一同前往。但碰巧会计部的小姑娘身体不适，正在医院打点滴。欧阳伦就和梅子洁一起出席签约。

在一家宾馆的包间，欧阳伦和客户握手，审阅协议。签下手迹之后，双方举杯庆贺。就在酒杯碰到嘴角之际，包房的门“砰”地一声被撞开，几个人影闪了进来。

来人亮出证件，原来是刑警队的经侦科的同志。几副手铐被带到了几个人的手上，只有欧阳伦除外。

案情很简单。梅子洁的客户向梅子洁提出想要合伙诈骗欧阳伦的主意，梅子洁同意了。

欧阳伦凄惨地笑了笑，告诉梅子洁：“其实即便警察没有出现在签约现场，你们也不会得逞的，因为已经有人告诉过我要堤防你！我签的名字和我的真实签章是不一样的！”说着，欧阳伦从衣兜里拿出会计部的姑娘递给他的那张纸条。欧阳伦问梅子洁诈骗自己的原因，梅子洁苦笑着说自己是情非得以……

欧阳伦从警局得知，报案的正是自己公司的会计部经理。欧阳伦赶往医院。医生说病人已经走了。欧阳伦询问病人的病情。医生说病人的病情是他们从未遇到过的，病人的身体代谢很快，远远超出正常人！

欧阳伦回到家里，疲倦地入睡。他做了一个奇怪的梦：一个雷雨交加的夜晚，城郊的农家产下一个女婴，让全家失望不已。而这个女婴出生后便啼哭不止，并说出话来，要家人将她抱到村头的梧桐树下。

家人惊恐不安地抱着新生的婴儿冒雨来到村头，看看四下无人，竟将女婴弃之而去。家人离去后，这个女婴竟和老梧桐说起话来。女婴求老梧桐将那颗硕大的梧桐果送给她吃。老梧桐说，这颗梧桐果已经百年，吃下会令生灵飞快成长，但也会很快老去。女婴嘤嘤的说自己只想快快长大，去救一个人。老梧桐长叹一声，剥开那颗梧桐果，而那颗梧桐果便飞进了女婴的嘴里。随后，女婴奇迹般地站了起来，身体在奇迹般地长大……

欧阳伦醒来，从床上跳下。他驱车飞快地来到城郊的那棵梧桐树下。当午，欧阳伦和妻子李佳就是在这棵梧桐树下相识相恋，他们两个的名字至今仍镌刻在这棵古老的梧桐树上。

欧阳伦拥着树身，抚摸着妻子的名字。他回想着与妻子生活的点点滴滴，回想着自己为什么非要招聘那个稚嫩的小姑娘，回想着那杯热腾腾的漂着姜片的药，他仿佛看见了妻子的影子！

欧阳伦拥着树身，淌下如雨的泪水。良久，他坐在地上昏睡过去。等他醒来，他发现自己被拥在温暖的怀抱中。他凝神细视，这不正是自己的招聘的那个姑娘吗？只是她已经愈加成熟，甚至有些衰老……他紧紧地拥着，生怕她跑了。

欧阳伦询问姑娘往事，她全然不知。她说，她能有的记忆就是从自己到欧阳伦的公司应聘之后。

诈骗案的调查有了新的结果：梅子洁的确有苦衷！她的那家客户的幕后老板竟是自己失散多年的亲哥哥，而设计害死李佳的幕后主使也是自己的哥哥，当然勤政殿的相士也是他安排的。

欧阳伦去探视梅子洁。他问梅子洁："你哥哥和我到底有什么仇恨？"梅子洁说，哥哥欠了别人的高利贷。哥哥和自己的失散以及这次情非得以的诈骗都是因为高利贷！至于要害死李佳，则是因为哥哥想要让自己成为老总夫人！

欧阳伦猛然想起，自己前些年被黑道胁迫出资金和他们合伙放过高利贷！只不过欧阳伦出了一笔资金后，就全身退出，并未收取一分利润。

半个月后，人们从报纸上知道：佳伦公司老总将公司拍卖，所得金额全部捐给福利院。人们还传说，欧阳伦娶了一个头发斑白的女人，两个人牵着手幸福地在梧桐树下散步……

第二辑

EPISODE 2

异域温情

请你绑架我

贝尔出身一个商人家庭，家境殷实。然而不幸的是，在贝尔十来岁的时候，家里遭遇劫匪，贝尔的母亲当场被刺身亡。好在警察及时赶到，击毙劫匪，贝尔和父亲亨利才得以幸免。

贝尔幼年丧母，父亲亨利就对他百般溺爱，终于酿成大祸。一次起雾的天气，贝尔飙起了车，随着一声巨响，他撞到了人群，当场酿成一死九伤。心急气燥的他竟驾车逃逸。在警察抓捕他的时候，他还假装挟持人质——自己的女朋友丽莎。在警察开枪射出子弹的时候，他枪膛里的子弹也应声而出……。在他倒地的刹那，他发现自己发出的子弹射在了丽莎的头上……

贝尔被判刑入狱。令他忌恨的是，父亲亨利竟然没有来看他一次。倒是那个开枪击中他的警察来看过他几次，但都被贝尔叫骂了出去。

贝尔过完了十几年的牢狱生活，终于重见天日。可是父亲在他出狱的那天也没有来接他。贝尔出狱后，回公司去找父亲，才知道早已物是人非，公司早已到了别人名下，父亲去了哪里竟然不得而知。

贝尔找不到父亲，懊丧不已，他想一定是父亲故意躲着他。贝尔想改邪归正，谋份正当职业，可是他发现自己已经很难融入社会。贝尔决定铤而走险，就到一家学校附近游荡。

这天中午，贝尔倚在学校对面的一尊石像上，窥视着学校门口。学校大门打开时，一个十几岁的男孩子跑到他身边，对他说了一句令他无比震惊的话："叔叔，求你件事，请你绑架我好吗？"

贝尔惊诧。这个孩子怎么猜透了自己的心思？贝尔说了句"胡闹"，赶忙扭头走开。

一连几天，每当贝尔在学校附近，那个男孩子都会跑到他身边来央求他。

贝尔被激起了强烈的好奇心。贝尔一狠心，将男孩子拉上了自己刚刚盗来的一辆面包车。

贝尔将车开到了郊外。男孩子介绍说，自己叫吉姆，是一个公司老板的儿子。自己现在急需一笔钱，可是又不敢开口向父亲要。无奈之下，只好想此下策。

贝尔走到路边的电话亭，给吉姆的家人打电话。接电话的正是吉姆的父亲。贝尔告诉吉姆的父亲他的儿子已经被绑架了。要想救人，就赶快准备30万美金。绝对不能报警！贝尔说完，吉姆拿过电话，哭喊着："爸爸，救我！"

贝尔开车辗转了几个地方，更改了数次交款地点。最后，贝尔将地点定在了学校对面的那尊石像前。贝尔想，即便他们报了警，自己还可以相机挟持别的孩子全身而退。

这天中午，贝尔和吉姆驱车来到了校门口。他们远远看见石像下面放着一个黑色的皮包。贝尔将车开到石像前，打开车门，迅速将皮包掠进来，便疾驰而去。

到了荒郊。贝尔和吉姆打开皮包，果然是一捆捆扎好的美金，两人点了点，刚好三十万。他们将三十万美金分成了两份，各取所需。说实话，贝尔不是没有动过独吞的念头。但吉姆的一番话让他打消了这个愚蠢的想法。吉姆笑着跟贝尔说："你千万别想着杀了我，你杀了我就会终生在牢笼里生活了。我们合作愉快的话，说不定以后还会有机会。"

贝尔再也不想重回牢狱了。贝尔心想，这次的绑架是人质主动要求的，就是暴露了，自己也没有多大罪责。这么简单就得到了十五万，贝尔觉得值了。

吉姆下了车，往城里走去。贝尔心存疑惑，他想知道吉姆骗家人十五万美金干什么，就慢慢地跟着吉姆。

贝尔发现吉姆拦住一辆的士，径直朝城里驶去。途中经过警察局，贝尔吓出了一身冷汗，但的士没有停下，而是继续前行，最终停在了一家福利院门口。贝尔明白了，原来吉姆是想做善事。

贝尔身携巨款去了另外一个城市，做起了生意。闲暇的时候他总是想起父亲。父亲到底去了哪里？他为什么要躲着自己？还是他遇到了不测，被人所害了？

贝尔的生意渐有起色，愈来愈好。贝尔就在电视媒体上登起了寻人启示：寻找自己的父亲亨利！可是，如石沉大海，杳无音信。

圣诞节的傍晚，贝尔吃过饭，正在打理自己的店铺。一个年轻人走了进来。贝尔问，我能帮您什么吗？年轻人轻轻地说："请你绑架我。"贝尔一惊，定神一看，原来眼前的年轻人竟是两年前见过的吉姆。贝尔赶忙关上房门，询问吉姆又想要干什么。

吉姆笑了笑，说："我在和你开玩笑"。说着，从衣兜里掏出两张照片，分别是贝尔的父亲亨利和女朋友丽莎的。

贝尔问："他们在哪里啊?"吉姆说："在福利院。"贝尔又不安地问："他们怎么会在福利院呢？你不是来陷害我的吧?"

吉姆说："怎么会呢？一切都过去了。我也不太清楚，不过，去了就会明白的。"

贝尔和吉姆来到了福利院。贝尔心里激动不已。他思忖着见到父亲和丽莎该怎么说。吉姆带着贝尔来到了福利院的附属医院。推开一间病房，贝尔发现躺在床上的人根本就不是自己的父亲，也不是自己当年的女朋友。他发现病床上躺着的人竟然是当年开枪击中他的那个警察杰克！当年持枪对峙的情景依然历历在目！

贝尔心中烦躁不安。他的内心中既有见到仇人的愤恨；也有一丝不易察觉的惊恐。他不知道吉姆把自己带到这儿来，葫芦里到底卖的是什么药！

病床上的杰克欠起身子，对贝尔说："兄弟，我已经不是警察了。我今天请你来，是想看着你们一家人团聚……"

贝尔拦断杰克的话，问："我父亲在哪里?"

杰克脸上露出悲伤的神色，告诉贝尔：当年，贝尔酿下大祸后，被杰克开枪击中，送往医院。警局通知贝尔的父亲亨利，没想到亨利到医院后，突然休克倒下。医院紧急抢救，检查发现亨利竟然已是肺癌晚期。更让杰克没想到的是，自己与亨利一家还有过一面之缘。当年，亨利家里遭遇劫匪，亨利妻子当场被劫匪刺杀，杰克巡查经过，觉察到异样，只身一人冒死与劫匪周旋，当场击毙三名劫匪，救了亨利和儿子贝尔。当然，那时贝尔还小，并未记住杰克的样子。

贝尔在医院还未清醒，亨利很快就不行了。临死的时候，亨利拉住杰克的手，求杰克照顾好贝尔。并留下遗嘱，全力赔偿死难者家属，并将手中的生意股份全部交由杰克。

后来，杰克曾几次到监狱探视过贝尔，都被贝尔骂出。杰克便一直未能将事情的真相告诉贝尔。其实最为关键的原因是，亨利在临死的时候还说，千万不能再把遗产给贝尔，无论何时！他不愿贝尔再为富不仁！

杰克随后便辞去了警局的工作，专心打理亨利的生意。除此以外，他还有一个更大的责任，那就是要照顾好贝尔当年的女朋友丽莎！丽莎被枪击中后，并未死去，只是大脑严重受伤，成了植物人。丽莎被送到了福利院，杰克用高薪聘专人照料。令人意外的是，丽莎当时竟然已有三个月的身孕，婴儿发育正常。几个月后，丽莎产下男婴吉姆……

……

杰克讲到这里，一阵咳嗽。贝尔和吉姆面面相觑。吉姆冲出病房，来到了隔壁的病房。贝尔随后跟来。当吉姆站到病床前的一名妇女跟前，喊了一声“母亲”时，这个女人竟然缓慢地睁开了双眼。

贝尔看着眼前的女人，真的是丽莎！那么吉姆无疑就是他的亲生儿子了！他激动不已。但他强忍住心中的激动，又回到了杰克的病房。因为他还有一件事没有明白，那就是他出狱后的那场离奇的绑架！

杰克喘了口气，告诉贝尔：其实，贝尔出狱的时候，杰克本想去接他，但是他料到贝尔不会接受。于是就在暗中留意他。杰克发现贝尔盗窃了一辆汽车，还发现贝尔连续几天都去学校门口。他猜测到贝尔的心思。为了避免悲剧重演，万般无奈他才和吉姆商量，想要用特殊的方法拯救贝尔！于是贝尔很轻松地有了一笔创业的资金，而吉姆拿的另外的十五万美金不过是杰克赠给福利院的又一笔善款！杰克从小就教育吉姆要行善事，并让吉姆从小到大一直不定期地来照看丽莎——吉姆的亲妈妈！

在此之前，吉姆对真相也是毫不知晓的。因为杰克觉得他还小。而今，随着吉姆逐渐成熟，而贝尔在另外的城市也渐渐走上了正道，杰克觉得是时候将真相说出，并将产业移交了。杰克知道，自己的时日已经不多。他知道自己也已经犯上了当年贝尔父亲亨利所得的病——肺癌！

……

贝尔百感交集。他紧紧握住杰克的手，说：“谢谢您这么多年的辛苦！我们一家人的团聚已是上天最大的恩赐。至于产业，我们不会要，就请留给您的后人吧！”

杰克微微一笑，告诉贝尔：“谢谢你。但我已经没有亲人。当年，车祸现场死的那个人就是我的妻子。为了老先生的嘱托，为了照顾吉姆，我再未婚娶。不过，祝福我吧。我很快就能去天堂和妻子相聚了……”

贝尔泪流满面……

巴丁格的剧本

巴丁格是鲍登大学文学系的四年级学生，他刚刚完成一部剧本，寄给了影视公司的老板，然后订了火车票，打算回家和父亲团聚一下。

坐上火车，巴丁格闭上眼睛小憩，他在构思下一部剧本。突然，他的胳膊灼痛起来，等他明白过来，一杯热牛奶已经倾泻在他的手臂上。巴丁格想要发作，但他看到乘务小姐惊恐得有些惨白的脸，还是作罢了。

乘务小姐一个劲儿地说着对不起，巴丁格摆摆手说没什么。但乘务小姐却说："不行，我弄脏了你的衣服，我要赔偿的。"巴丁格见乘务小姐执拗，就说："好，那你赔吧，85 美元。"乘务小姐掏了陶衣兜，却又羞赧起来："不好意思，我今天忘带钱了。"巴丁格笑了笑："那下次吧。"乘务小姐咬咬嘴唇："好吧。记住下次乘车找我要。我叫艾琳。"

巴丁格回到家里，交给父亲一笔钱，这是巴丁格的稿费。父亲坐在轮椅上，露出欣慰的笑容。巴丁格为父亲而自豪，父亲当年在战场上弄残了双腿，但他乐观顽强的精神一直感染着巴丁格。

巴丁格在家呆了一天，又乘火车回到学校。在火车上时，巴丁格想起了那个叫艾琳的姑娘。不过，同一个路线，往返的却不是同一辆车，巴丁格没能见到艾琳。

过了几天，又到了周末，巴丁格又决定回家。巴丁格自己都觉得奇怪，他回家其实是想再见见那个姑娘，难道自己爱上了她？

巴丁格上了火车，来到乘务室。巴丁格倚在门口，向艾琳打了个招呼。艾琳正在梳头，露出了白皙的脖颈，巴丁格想这美丽的脖颈应该戴上点什么。

艾琳把准备好的 85 美元递给巴丁格。巴丁格接了过来："交个朋友吧。

我请你吃饭。”艾琳笑了笑：“好啊。我周六休息。”

下个周六，巴丁格果然来了。在火车站旁的咖啡厅里，艾琳如约而至。坐下之后，两个人一见如故，开心地聊了起来。巴丁格说自己的梦想是当一个大剧作家。艾琳说自己最崇拜的人是作家。巴丁格心中暗喜，他要感谢那杯牛奶让他邂逅了一份爱情。

鲍登大学距海岸只有三英里，给大学生们打开了通往自然的大门。某个周六，巴丁格和艾琳一起来到海边游玩，他们一起捡拾贝壳，一起在沙滩上信笔涂鸦。巴丁格画了一家三口温馨的画面，艾琳的脸红了。巴丁格抚摸着艾琳白皙的脖颈，然后他摘下了戴在自己脖子上的护身符。这是父亲赠给自己的，如今巴丁格要把它赠给自己的未婚妻。巴丁格亲自为艾琳戴上，艾琳幸福地倒在巴丁格的怀抱中……

影视公司的老板给了巴丁格回复：剧本很好。除了付给巴丁格可观的稿酬外，为了便于联系，老板还赠给了巴丁格一辆轿车。巴丁格和老板约定要再写出一部力作。

巴丁格不用再坐火车回家了，开轿车走高速路又快又舒服。当然，巴丁格时常会在周六开车接艾琳出来玩。不过，眼看自己和老板约定的期限越来越近，而剧本还是没有眉目，巴丁格很是着急。

巴丁格决定闭关一阵子，专心创作，也是为自己和艾琳的未来积攒一笔财富。艾琳支持巴丁格的决定，约定两个人在巴丁格闭关的时候尽量不联系。

在海边租了房子住下，巴丁格开始构思创作。但他发现，自己以前并不认同的创作瓶颈出现了。他写到一半，不满意，推倒重来，再写，还是不满意。

巴丁格焦急了，心绪烦躁，便开上轿车，狂飙起来。巴丁格这样飞驰了一天，自己都不知道自己到了哪里。就在轿车飞奔之际，一个急转弯出现了，巴丁格惊叫一声，就什么也不知道了。

醒来的时候，巴丁格才知道，自己摔到了西部地区的一个酋长的部落里。而这天，正是酋长女儿的生日。酋长认为巴丁格是上帝送给女儿的礼物，就想让巴丁格和自己的女儿完婚。老实说，酋长女儿长得很漂亮，也很善良，但在巴丁格的心里，任何人也取代不了他的艾琳。

巴丁格装疯卖傻了一年，他想尽办法逃离，但部落里却戒备森严，根本就无法逃脱。万般无奈之际，巴丁格只好同意和酋长女儿完婚。但在结婚的夜里，巴丁格向酋长女儿跪下，向她讲述了自己对艾琳矢志不移的爱。酋长女儿流下了泪水，却同意帮助巴丁格逃离。巴丁格感激万分，对酋长女儿说："善良的姑娘，你一定会找到最理想的郎君！"

巴丁格回到火车站，去找艾琳，得到的结果是艾琳早已退职。巴丁格很失望，但他想自己还应该回家去看看父亲。还好，由于政府提高了伤残退役军人的待遇，自己离开的日子里，父亲的生活尚能安稳。

巴丁格又回到了火车站。他要再去仔细寻找艾琳。乘务室的人说，艾琳家就在火车轨道的一边，巴丁格欣喜万分，就沿着铁道去寻找。巴丁格从早晨一直走到正午。这样走着，巴丁格的腿部突然抽筋了，这大概是车祸留下的后遗症吧。巴丁格跌倒在铁轨上。慢慢地，他听到火车撞击铁轨的声音越来越近！

突然，巴丁格被一双有力的大手推进了铁轨的凹槽，然后他被一个躯体紧紧抱住。火车在他们头顶几英寸之处呼啸而过，而他们却毫发无伤。

巴丁格惊魂未定。他仔细地打量着眼前这个皮肤黝黑的老人："你是谁？你为什么救我！""救你？你这样的懦夫也值得我救？我不过是不想让孩子看到血肉横飞的场面罢了！"说完，老人转身向几米外的一对母女走去。

几米外是一间扳道房。一对母女正坐在藤椅上静静地看着这边。巴丁格明白了，这位老人是位扳道工。巴丁格跟着老人走了过去。他想向老人解释，他并没有想自杀，他还没有找到艾琳，怎么会自杀呢？

走到那对母女身旁，巴丁格惊呆了：那个抱着孩子的女人竟然是艾琳！巴丁格跪在地上，扶住艾琳，嘴里叫着："艾琳，艾琳，我终于又见到你了！"可令巴丁格惊疑的是，艾琳目光呆滞，毫无反应。巴丁格看了看艾琳怀抱中的女孩，女孩的脖颈上赫然戴着巴丁格送给艾琳的那个护身符！

老人拉开巴丁格，问："你是谁?"巴丁格说："我是艾琳的男朋友巴丁格啊！"

"巴丁格？你这个混蛋，这一年多你去了哪里?!"老人恨恨地说。

巴丁格向老人讲述了自己的车祸经过。老人悲戚地叹了口气，说："艾琳日夜思念你，如今已经神志不清。"

巴丁格痛哭流涕。他用双手抚摸着那个护身符，哭着说："护身符啊护身符，你为什么没能保护好我的艾琳哪！”

哭着哭着，巴丁格忽然问道：“这个孩子是怎么回事？”老人瞪了一眼巴丁格：“你还问呢，你自己的孩子自己不识得吗？艾琳发现怀了你的孩子才主动离职的！生了孩子后，艾琳便把护身符给孩子戴上了，她说要让护身符保护好你们的孩子啊！”

巴丁格想起了自己和艾琳在海边的温存。这时，老人走了过来，也摸了摸外孙女戴着的护身符。忽然，老人问巴丁格：“这个护身符是你送给艾琳的吗？这个护身符是谁送给你的？”

巴丁格如实回答。老人突然扶住巴丁格的肩膀，轻轻地把他按在旁边的矮凳上。老人说：“你是我老战友的儿子啊！”原来，老人和巴丁格的父亲当年在一个部队里当大兵，在一次作战中，巴丁格的父亲推开了老人，自己却被炮弹炸残了双腿，昏死过去。老人为了日后相认，就把自己的护身符摘下，戴到了巴丁格父亲的脖子上。

得知巴丁格是老战友的儿子，老人更加悲戚。如果艾琳现在好好的，这该是多么完满的结局啊！巴丁格站起身来，抱了抱老人，说：“您放心，我一定会让艾琳完好如初。”

接下来的日子里，巴丁格带艾琳又去了海边，拾贝壳，作沙画。巴丁格发现艾琳的神情似乎清醒了好多。

巴丁格又想起了一个办法。巴丁格向火车上的乘务长讲了自己与艾琳的故事，然后提出把当初两人相识的情景再现一下的想法。乘务长同意了。巴丁格坐到了原先的座位上。乘务长倒好一杯热牛奶，让艾琳帮忙送给巴丁格。当艾琳站到巴丁格旁边时，乘务长故意在后面撞了一下艾琳的后腰。

奇迹出现了，当那杯热牛奶一滴不剩地洒在巴丁格身上时，艾琳连忙说着：“对不起，我弄脏了你的衣服，我要赔偿的。”巴丁格热泪盈眶，说：“好的，85美元。”

一个月后，巴丁格和艾琳结了婚。婚礼上，那个影视公司的老板不请自到，送来贺礼。巴丁格说：“我已经江郎才尽，无法再为你创作剧本了。”

“不，巴丁格。你已经完成了一部力作。要知道，你们的故事就是最动人的剧本啊！”老板郑重地说。

复活节的彩蛋

艾琳是美国纽约市警察总局的一名优秀的女警员。然而由于职业的特殊性及艾琳狂热的敬业精神，她年近三十时依然是孤身一人。

警队新转入一个叫巴特的男警官。巴特原来在基层警局工作，最近在全美警察搏击竞赛中名列前茅，便被调入了纽约警察总局。

巴特被调入的当天正好是复活节。这一天，全美上下都洋溢着喜庆的气氛。人们有的上街游行，有的到教堂点燃蜡烛以示圣化，孩子们则更渴望彼此赠送象征重生的复活节彩蛋。

一边是市民狂热的节日庆贺，一边则是警察人员更加紧张的守护社会治安。艾琳和巴特负责 S 区的治安工作。艾琳一如继往地保持着高度的警觉，巴特则热情洋溢地和艾琳幽默地调侃着。艾琳批评巴特要集中精神，巴特则拍打着胸脯打保票：复活节没有罪犯。走到路旁一家卖彩蛋的店铺时，巴特突然跑了进去。艾琳疑惑的瞬间，巴特已经手拿一个漂亮的彩蛋站在了艾琳的身边。

晚上回到家里，艾琳抚摸着放在床头的彩蛋，心里漾出了一丝甜蜜。但她心里的甜蜜很快就消失了。

巴特依然不断地向艾琳献殷勤，可艾琳仿佛总是无动于衷。直到有一天，巴特拉住了艾琳的手，说："我爱你。"艾琳积郁多年的情感终于爆发了。艾琳伏在巴特的肩上，嚎啕起来。

原来，三年前，艾琳破获了 S 区一起毒品走私案。尔后，艾琳的父亲竟被绰号"袋鼠"的马仔暗害了。艾琳发誓，抓不到"袋鼠"，自己就绝不恋爱婚嫁。

听了艾琳的讲述，巴特脸色铁青。巴特坚定地说："我一定要亲手宰了'袋鼠'!"

接下来的日子，巴特好像换了个人似的。巴特收敛起了平日的嬉笑调闹，而是变得一本正经起来。甚至在下班的时候，巴特也总是换上便装，出入那些罪犯可能出现的酒吧，迪厅和红灯区。

一天晚上，艾琳接到了巴特的电话。巴特说："我击毙了'袋鼠'"。艾琳放下电话，赶忙来到案发现场。艾琳看到了已经毙命的仇人"袋鼠"，她也看到了倒在血泊中的巴特。原来巴特的左肩也被"袋鼠"击中了一枪。

巴特伤愈后，在警察局长查克的主婚下，艾琳和巴特走进了教堂。结婚后的艾琳体味到了爱情的甜蜜，而他们的小宝宝也很快出生，带给了他们更大的快乐。

最让艾琳感动的，还是巴特热情洋溢的生活态度。艾琳感到和巴特在一起的每一天都是那么的快乐。艾琳的复活节彩蛋已经有三个了。艾琳想把这彩蛋不断地积攒下去，这是艾琳和巴特爱情的见证。

然而，在享受天伦之乐的同时，艾琳和巴特也常常焦虑不已。最近，S区的黑帮活动似乎猖獗起来，毒品交易更是肆无忌惮。可是，每次艾琳和巴特赶到时，罪犯早已逃之夭夭。

艾琳突然发现自己似乎懦弱起来。她每次行动时总是心惊胆战。她尤其担心巴特的安危，她害怕自己的小宝宝在某一天也会突然失去了父亲。

然而，害怕的竟真的来了。在一次海上围剿毒枭的战斗中，巴特冲在前面，被罪犯的子弹击中，坠入了海水中。

罪犯负隅顽抗，竟借着海岛险势逃脱了。安全人员在出事海域打捞了一天，毫无结果。艾琳明白，其实从巴特中弹坠下的那一刻，便已经决定了两个人永远的诀别。

但艾琳却神经质起来。艾琳对来劝慰她的所有人说："我不相信巴特会离我而去，不相信，永远不相信。"

虽然艾琳知道巴特已经死去，但她知道自己的生活已经再难接受别的男人。所以，对于同事的撮合，和某些男士的追求，艾琳都拒绝了。艾琳只想守着床边的复活节彩蛋，拉扯着她和巴特的孩子，就这样生活下去。

然而，艾琳这么平凡的要求都无法实现。艾琳在短短的半年时间内，竟然遭遇了两次暗杀！一次是艾琳上街巡查的时候，她遭遇了冷枪，好在子弹擦身而过；另外一次是在家里，歹徒竟然爬到她的阳台上，向屋内开了枪。

不过，歹徒还是没有击中她，却坠落摔死了。

奇怪的是，艾琳在坠落的歹徒后心看到了枪眼。这一枪是谁打的呢？是谁在暗中保护着她呢？艾琳首先想到了巴特，但这是不可能的。艾琳又想到了警局的汉森队员，他也曾不断地向自己表示爱恋。

转眼间，巴特离开艾琳将近一年了。复活节的前夕，艾琳深夜被紧急招到队中。艾琳和队友，以及大批增调来的特警一齐出发，赶到了S区的一处私人牧场。警员很快将牧场里一座别墅包围。经过激烈的交战，警员们击毙了数十名罪犯，并俘虏了八名犯罪分子。

原来，警局接到线报，说S区的大佬们正在牧场举行黑帮大会。警员紧急赶到，终于将S区的黑恶势力一网打尽。

又到了复活节。警局考虑到艾琳的特殊情况，就特别给艾琳放了假。艾琳在店铺里买了三个复活节彩蛋。一个给孩子，一个给自己，一个给巴特。

晚上，艾琳拥着孩子，看着彩蛋，泪水涟涟。艾琳又回想起和巴特一起生活的日子，艾琳多么希望巴特能像耶稣那样，奇迹般地复活啊！

就在艾琳陷入冥想之际，门口响起了敲击声。艾琳从猫眼一看，是物业人员。艾琳打开屋门，只见两个物业人员正抬着一个巨大的彩蛋。物业说："这是邮递公司送来给您的。"

艾琳叫物业人员把彩蛋搬进屋子。艾琳围着彩蛋转了两圈。突然，艾琳警觉起来。艾琳想到了自己被暗杀的经历。艾琳一手拿着手枪，对准彩蛋，一手拿起灭火器向彩蛋砸去。

彩蛋被砸开的瞬间，艾琳惊呆了：彩蛋里面藏着一个人。而这个人竟然是巴特！

巴特缓缓地站了起来。艾琳悲喜交加之际，终于明白了过去发生的一切。原来，巴特的真实身份竟是S区黑帮中人。当初，他作为卧底潜入警局。为了不被别人猜忌，巴特便接近艾琳，和艾琳结婚，用艾琳的身份掩人耳目。至于击毙小人物"袋鼠"，不过是换取艾琳信任的筹码。

巴特骗取艾琳乃至整个警局的信任后，便开始为黑帮提供情报，导致警局的每次行动都无功而返。不过，随着巴特泄密次数的增多，他觉察到自己的身份可能要曝光。巴特想要逃脱。刚好此刻黑帮上层要召回巴特。于是，黑帮便安排了海上那次虚假的毒品交易。其实，那是为了营救巴特的。巴特假借坠海顺利逃脱。

然而，回到黑帮的巴特却忘不了他的艾琳，他的孩子。于是，巴特多次偷偷回来，在暗处探看艾琳母子。巴特没有想到，为了断绝他的人伦柔情，黑帮大佬竟然下令马仔暗杀艾琳母子！巴特愤怒不已，不过，幸好黑帮的两次暗杀都被巴特及时化解。

巴特去和黑帮大佬对质。大佬说："我们这样做是为你好。实话告诉你，帮里想要提拔你做上层大佬呢。现在考验你的时刻到了，你去亲自杀了艾琳母子！"

巴特讲到这里的时候，艾琳突然惊醒起来，他再次举起手枪对准了巴特："不用说，你现在是来杀害我们母子啦?!"

巴特摇了摇头："不，亲爱的艾琳，我是来向你忏悔的。S 区的黑帮已经被一网打尽，举报人就是我。说实话，通过与你相爱，通过在警局工作三年，我对黑帮早已深恶痛疾，最可恨的是，他们竟然让我去杀害我最亲爱的人！真是禽兽不如！"

"当然，我也是黑帮。不过，今天是我与你真正的诀别。明天，我就要去自首了。"巴特哽咽着，眼睛温情地瞥向卧室里沉睡的孩子。

咚，咚，咚。门口又响起了敲门声。艾琳透过猫眼，发现了站在门外的竟是局长查克！艾琳不知如何是好，她分明希望巴特赶紧藏起来。然而，巴特却径直走了过来，轻轻地打开了屋门。

"局长，巴特向你自首。"巴特静静地说。

"不，巴特。你什么都不要说了。"查克局长说，"其实，当初你击毙'袋鼠'后，我让医务人员检查了你的枪伤。从伤口特征上，我就已经知道你是自己开的枪。那时，我就已经知道了你的身份。不过，我直觉上判断你不是恶人。我没有揭露你，是想看你最终会走向哪里。当然，你没有辜负我，你最终立了大功，帮我们端掉了 S 区的黑帮。谢谢你，巴特！"

"可是，我的身份毕竟是黑帮啊。"巴特喃喃地说。

"不，过去的你已经死去。如今的你是正义的化身。记住：没有人会拒绝正义的复活！我命令你，明天回警局报到上班！"查克局长说。

巴特拥着艾琳，又紧紧地盯住地上碎裂的巨型彩蛋，尔后，巴特向着查克局长，深深地点了点头……

非常绑架

格林夫妇晚来得子，生下了洛瑞。洛瑞从小生活在父母的庇护下，衣来伸手，饭来张口，俨然纨绔子弟，过得很是幸福。

洛瑞上了大学后，还是很孩子气，整天就知道谈恋爱，开 party，真可谓少年不识愁滋味。一天，洛瑞正和女友在公园里散步，腰间的手机突然响起。电话接通，里面却是凶巴巴的声音。洛瑞的父母竟然被绑架了！绑匪说："看你的阔绰样儿，就知道你们家一定很有钱！"

洛瑞赶忙回家，拿了银行卡去银行取钱。可父母的卡里哪有绑匪要的那么大的一笔钱啊！洛瑞懊恼得捶胸顿足之际，又接到绑匪的电话。只听格林在电话里嘶哑着声音说："不要管我们了，你自己一定要坚强，要自立自强！"随后电话就挂断了。

洛瑞突然想到，自己有个叫凯迪的堂兄。凯迪开了一家大公司，每年都常回家来看望格林夫妇。洛瑞心想，现在只有靠堂兄了！

洛瑞驱车来到公司，找到堂兄凯迪，向他说明了情况。堂兄凯迪表示可以帮忙。然而当洛瑞满怀希望地给绑匪拨电话时，却再也拨不通了。说不定绑匪已经撕票了！

事到如今，已经没有办法，洛瑞只好在堂兄的陪伴下，去警察局报了案。然而终究没有回音。

洛瑞满心悲痛，又回到了校园。堂兄答应按月汇给洛瑞生活费。洛瑞在心中对堂兄满是感激。然而当洛瑞去银行取出堂兄的汇款时，却不由得骂出声来。堂兄凯迪汇来的款项是那样的吝啬！现在别说是谈恋爱，开 party 了，就连维持衣食住行都不宽裕了。但是又有什么办法呢？自己总不能低三下四地央求他再多给自己寄些钱吧？

洛瑞只好节俭起来，有时候还去做份兼职，来维持自己的生活。而洛瑞的女友没等洛瑞提出分手，就早已离他而去了。这样也好，洛瑞慢慢地静下心来，一丝不苟地完成了自己的学业。

毕业后，洛瑞去各大公司应聘，但并未能顺利找到一份理想的工作。

这天晚上，洛瑞满心郁闷地走在大街上。洛瑞看到路旁有一家酒吧，就走了过去。没想到，在洛瑞想要进入时，却遭到了酒吧门口接待员的轻视。洛瑞打量了一下自己的穿着，真的很寒酸。

进了酒吧，洛瑞询问酒价，都很昂贵。洛瑞只好要了最便宜的，找了个僻静的角落，自斟自饮起来。

洛瑞喝得醉眼朦胧之际，看到了一个似曾熟悉的身影。洛瑞凝神细看，原来是堂兄凯迪！

洛瑞走了过去，在凯迪身边坐下。洛瑞想起父母离去之后这几年自己的艰辛，不由得失声痛哭起来。洛瑞刚想请求凯迪，能否在公司里给自己安排个职位，没想到凯迪接了个电话，然后塞给洛瑞一些纸币，就匆匆离去了。

凯迪这个混蛋！洛瑞狠狠地骂了一句。以前知道凯迪吝啬，没想到他还如此绝情！不过凯迪给洛瑞的钱倒还不算太少，够他花上一阵子的。洛瑞骂骂咧咧地付了酒钱，然后摇摇晃晃地出了酒吧。

在一条光线暗淡的过道上，洛瑞发现了一个鼓鼓的包裹。洛瑞迅速提了起来，拉开拉链，里面竟然是一叠叠崭新的钞票！洛瑞用衣服裹住包裹，飞快地回到了自己的出租屋。

洛瑞数了数包裹里面的纸币，足足有十万元！洛瑞疯狂地大笑起来，他用力掐了掐自己的大腿，才知道这一切都是真的！

洛瑞一夜未眠。他一直在想酒吧门口那个势力的接待员，和一直对自己势力眼的堂兄。但这十万元究竟该怎么处置呢？洛瑞还没有想好。

第二天，洛瑞将这十万元在自己的出租屋内藏好，就出门了。洛瑞用堂兄凯迪给他的那笔钱，在服装店买了一身体面的行头，然后径直来到了酒吧门口。

在接待员友好的点头哈腰中，洛瑞进入了酒吧。要了上好的白兰地，洛瑞坐在雅座上优雅地喝了起来。这时，酒吧堂前的大屏幕电视上，正在播报着新闻：两天前，发生了一起绑架案。家属准备了十万元的赎金去交换人质。警察及时出现，击毙了绑匪，救出了人质。但慌乱之中，赎金遗失了。如有拾到者，请及时交到警察局。

洛瑞一惊。原来自己捡到的十万元钱竟是交换人质的赎金！怎么办？如果将这十万元交上，自己又将一无所有，可不交公，自己就触犯了法律。洛瑞又想到了当年父母被绑架的情形。洛瑞百感交集，一仰头，将杯中酒一饮而尽。

就在这时，洛瑞发现堂兄凯迪又出现在了酒吧。洛瑞这次没有向凯迪打招呼，而凯迪却发现了洛瑞，并笑容可掬地向洛瑞走了过来。

凯迪说自己昨天晚上临时有事，所以先走了，很抱歉。然后拍了拍洛瑞身上的名牌服装，友好地说："看来，你现在混得真不错啊！不过，不管你现在在哪里高就，你都要回家了。回来帮帮堂兄。"

洛瑞微微一笑，不知怎样回答。见洛瑞反应冷淡，凯迪又说："你不要担心酬劳，每星期一万元怎么样？"

洛瑞心头狂喜，但他还是不露声色。洛瑞轻轻地说："酬劳不是问题，既然堂兄用得到我，我自然会竭尽全力。"

和堂兄凯迪分别后，洛瑞径直回到了住所。他翻出自己藏好的包裹，里面的十万元好端端地还在。

天一亮，洛瑞提着包裹，去了警察局。在警察局里，洛瑞受到了充满敬意的接待。在洛瑞陈述完情况，并办好交接程序之后，一个老警官叫住了洛瑞。

洛瑞觉得面熟。他想起了。当年，自己的父母被绑架时，就是这名警官接待的他。老警官先是夸赞地说："孩子，你没有试图去花这笔钱，真是太好了。这笔钱是从银行里提出来去救被绑架的孩子的。所有的钞票号码都已发往全国的商业单位。你要是用了那些钱，很难有人相信你是在大街上捡到的。不过，你是个正直的人，真是太好了。"

洛瑞听老警官这样说，心里有一丝不快。洛瑞冷冷地反问老警官："不知我父母的绑架案有没有结果?!"

老警官一怔："我正想向你父母问好呢。怎么，你父母还没有告诉你真相吗？那我告诉你吧。"

原来，老警官是格林夫妇的好朋友。几年前关于格林夫妇的绑架案其实是假的。格林夫妇看到儿子洛瑞很不要强，就忍痛想到这个办法，来锻炼洛瑞。

洛瑞听了老警官的话，悲喜交加。喜的是，父母还在人世，悲的是因为自己当年的不争气，竟逼得父母出此下策。

老警官接着告诉洛瑞："你父母就在你堂兄的公司。快去见他们吧。相信你会收获到惊喜的。"

当洛瑞推开堂兄凯迪的办公室时，他发现久违了的父母正坐在办公室的沙发上。洛瑞抱住父母，失声痛哭。

格林又把几年前那次绑架案的缘由跟洛瑞讲述了一遍。然后又告诉了洛瑞一个天大的秘密：所谓的堂兄凯迪竟然是洛瑞的亲哥哥！

父母创办了公司，等凯迪长大，驾轻就熟时，就将公司交由凯迪打理。没想到这时洛瑞的母亲又怀了孕，生下了洛瑞。格林夫妇就专心在家里照顾小儿子洛瑞了。但洛瑞自小任性，只知道顽皮，令格林夫妇很是挠头。为了避免洛瑞更加放纵，一家人就隐瞒了家里开着大公司的秘密，连亲哥哥凯迪的身份都隐藏了。不过，所有这一切，都是为了洛瑞，为了让洛瑞长大后能够有能力和哥哥一起经营公司。

本来，家人打算还是要让洛瑞先自己在外面闯荡些时日的，所以那天在酒吧里相遇，凯迪没等洛瑞提出安排职位的要求，就借故离去了。但等洛瑞从酒吧出来后，凯迪跟踪了洛瑞，发现洛瑞意外地捡到了一个包裹，凯迪当时就想到那包裹里面很可能装的就是解救人质的赎金。为了不让洛瑞误入歧途，所以凯迪只好及时在酒吧里再次发现了洛瑞，并高薪聘请了洛瑞……

听了父亲的讲述，洛瑞感慨良多。其实，他早该明白那起绑架案是不同寻常的。因为按照常理，绑匪该绑架他才对啊。

当天的电视里，反复播放着洛瑞拾金不昧的新闻。好人洛瑞很快家喻户晓。哥哥凯迪紧紧地抱了抱洛瑞，说："好兄弟，你这几年受的苦是值得的。现在你就是咱们公司的形象招牌了。相信咱们兄弟俩同甘共苦，一定会把公司办得更好的！至于薪金，你和我拿的一定是相同的！"

"不，我还是从每星期一万元做起。"洛瑞坚定地说。两兄弟对视着，会心地笑了。

美国钉子户

作为小镇交通所长的格林，平日里本来是很清闲的，但经济危机后，为了刺激经济，上级下达指示，要求全面整修公路后，格林就开始忙碌起来。

这天上午，格林来到了一个叫沃尔密的村庄。太阳都已经老高了，可修路的机器却还在路旁闲置着。格林很是愤怒，便上前去质问这段路的工头汉森。汉森低着头，一个劲儿地道歉，说机器今天不知怎地发动不起来了。

第二天上午，格林不放心，还是来到了沃尔密村。可是，让格林愤怒不已的是，机器还是没有启动。工头汉森气喘吁吁地跑了过来，沮丧地说："昨天修好的机器今天又坏了。我怀疑有人在故意搞破坏。"

汉森这样一说，格林觉得问题严重，便拿起手机，拨通了镇上警察所的电话。警察很快来了。警察在现场监督技术工人检修机器，可检修了半天，却毫无结果。昨天机器不能启动的原因是一个重要零件的脱落，可今天机器的零件都完好无损啊。

直到中午油罐车来送油，汉森突然有了想法：是不是柴油被做了手脚？技术工人打开机器的油箱，一检测，竟发现柴油里被掺入了大量的水！技术工人又赶忙检查了油罐车，但油罐车里的柴油却是完全合格的。这就怪了。不过这也印证了汉森的猜测，一定是有人在故意破坏！

格林拍了拍汉森的肩膀，对汉森表示了谅解。然后，又和警察握手，恳请他们尽快破案。

此后的几天，机器果真没有再出事故。可就在格林想松一口气的时候，汉森的电话又打来了。原来，为了赶工期，开工之前，汉森并没有和需要占地的人家一一进行商谈，没想到还真的因此惹来了新麻烦。

沃尔密村庄的最南边有一小片农场，以前的公路是弯弯曲曲绕过农场的。而按新规划调直的公路要通过农场。但农场的主人卢瑟夫先生却不是好说话的主。

格林和汉森一同来到了卢瑟夫的农场。这个名叫卢瑟夫的老人，两鬓斑白，面色凝重，对格林和汉森的来访表现很是冷漠。

格林很有礼貌地和卢瑟夫讲了修路提速的意义，并说有什么要求尽可以提出来商谈。卢瑟夫淡淡地报出了一个占地补偿金额。

格林和汉森大吃一惊。这个数额简直就是在夯人，比汉森能接受的底线超出十多倍呢！

格林和汉森沮丧地走出了卢瑟夫的屋子。两人一筹莫展。的确，按照当地的法律，农场是私有财产，农场主对农场拥有绝对的处置权。就算是修高速公路，如果农场主不高兴，都只能绕道，何况是一条乡村公路呢？

格林让汉森先行回去，自己却来到了村长家里，询问卢瑟夫的情况。村长告诉格林，卢瑟夫只是在两个月前才来到村子里，买下原主人的农场的。对于卢瑟夫的其他情况，村长还真是不太了解。不过，卢瑟夫很是古怪，这么大年纪的人了，却只是一个人居住，大概是个孤老之人吧。

这可真是怪了。卢瑟夫一个孤老，想要讹诈那么多钱有什么用呢？再者，卢瑟夫怎么碰巧赶在修路之际才买下这个农场呢？他到底有什么来头呢？格林想着这些问题，觉得头都大了。

这时，汉森打来电话，告诉格林，警察抓住了涉嫌破坏施工的人。这个人是汉森在沃尔密村里招的临时工。汉森很肯定地向格林表明了自己的分析：一定是另外一家工程公司指使的。他们竞标没有成功，就想出这么下三滥的伎俩来挤兑汉森的公司！

听汉森这么一说，格林也恍然大悟。那个卢瑟夫说不定也是另一家公司安排的！如此说来，就好办了，只要警察审讯成功，查到那个工人和卢瑟夫是一伙儿的，那么所有的问题都迎刃而解了。

格林和汉森又来到农场里，却发现卢瑟夫并没有在家里。两人在农场后面的高坡上，找到了卢瑟夫。卢瑟夫正呆呆地望着下面的福利院发呆呢。

格林忽然怜悯起这个老头来。他想，这个卢瑟夫一定有什么难言之隐。所以，格林真的不愿看到卢瑟夫和那个公司真的有什么关系。

“老人家，您有什么苦衷吗?”格林忽然冒昧地问道。

卢瑟夫一愣，脸上露出悲戚的神色，不过很快，卢瑟夫就恢复了常态。“没什么好说的，你们愿意给出我要求的金额，我就让你们的公路从我的农场通过，否则，一切免谈。”

格林听了卢瑟夫冷冷的回答，竟被噎住了，呆在那里。但汉森却急了：“别敬酒不吃吃罚酒，你一个带罪之人，牛气什么!”

卢瑟夫脸上又现出惊愕而悲戚的神色，却没有再搭理汉森，只是自顾自地走开了。

卢瑟夫走开后，格林责怪起了汉森：“你的口气似乎太重了，毕竟，现在还没有任何证据嘛。”

汉森走后，格林来到了福利院。在福利院里，格林找到了村长。福利院的院长是村长兼任的。格林问村长，卢瑟夫和福利院有没有什么关系。村长说：“我也是纳闷呢。卢瑟夫对福利院的老人和孩子都是蛮好的，时常捐款捐物的。”

离开福利院，格林又来到了警察所。所长告诉格林，那个工人交代了。那个工人名叫多西。多西说自己并没有受什么公司的指使，只是因为不满工头汉森为富不仁，不恤员工才故意捣点乱的。

格林正要离去，却见村长急急赶来。毕竟，这个被抓的多西是沃尔密的村民，村长理所当然要来看一看的。格林上前问询，原来村长是来为多西保释的。

保释手续办完后，格林又跟上了村长，问村长和多西是什么关系，为什么肯花这么多钱保释多西。村长犹豫了一下，告诉了格林原委。原来多西是福利院的一名保安，修路队来后，便辞了职，想要多赚些钱。不过，这次保释多西的钱，可不是村长出的，而是那个名叫卢瑟夫的老人出的。

村长带着多西回去，格林偷偷地跟在后面。格林发现，多西进村与村长分开后，却拐进了卢瑟夫农场的屋子里。

格林在墙角窥见，卢瑟夫与多西拥作一团，彼此安慰。

正在格林诧异之际，汉森出现了。汉森拉格林冲进屋内，对多西说：“我们早猜到你有同伙指使。”接着，汉森又对卢瑟夫说：“怎么着，讲讲您老的来路吧。”

卢瑟夫一阵咳嗽，靠在条凳上，他用双手捶打了一番胸口，又现出了悲戚的神色："也罢，是到真相大白的时候了。"

三十年前，卢瑟夫本是一名修路工程师，这座小镇上四通八达的笔直公路就是卢瑟夫的杰作。但公路修好后，卢瑟夫开车去接自己的女朋友时，却出了车祸，卢瑟夫竟然亲自把自己的女朋友碾在了车轮之下。卢瑟夫惊魂未定，肝胆俱裂，竟然驱车逃离了现场。

三十年来，卢瑟夫更名换姓，逃亡在国外，但他没有一日不为自己的罪孽悔恨。风烛残年之际，卢瑟夫回到了当年留下记忆的小镇，刚好遇到沃尔密村有人卖农场，就买下居住了。他想自己在这里老去，或许能在九泉之下向女朋友忏悔。

"那多西是怎么回事?"格林问道。

"多西是个好孩子。当我回来后，时常去福利院。一次，我喝醉了酒，就把这些往事说露了。多西很同情我。知道你们要在村子里修高速路，我就焦虑不已。你们的路要穿过农场，可农场边上就是福利院啊，里面那么多老人，孩子，可多危险啊！多西知道我的顾虑，就犯傻去破坏机器了。不过，这些我也是刚知道的。你怎么这么傻啊，多西。"

"别说了！我恨你"多西喊道。随后，多西带着大家一起来到了福利院。

进了福利院的一间病房，只见病床上静静地躺着一个老女人。卢瑟夫惊得说不出话来，这个女人赫然就是自己当年的女朋友！

原来，当年，卢瑟夫只是撞伤了女朋友，使得她一生都在沉睡中度过。但当时，女朋友已经有了五个月的身孕，并在医院产下了双胞胎。而这对双胞胎的命真大，他们竟然活了下来。这其中的一个，就是多西。多西在福利院长大后，就在福利院工作，为的就是好好照顾母亲。

"那另外一个孩子是谁?"格林突然有了一种预感，便急切地问道。

这时，村长走了进来，说："另一个孩子，就是你啊。当年，你们哥俩在医院的保温箱里活了下来。幸运的是，你被老镇长抱走了。但关于你的身世，老镇长嘱托，一定要保密的。但是，今天，我不得不说出来了。"……

离开福利院，格林径直去了镇长办公室。格林要对镇长说，路也许不是越快就越好。生活的节奏，也许慢一点，更能体味到幸福……

买彩票的神父

一、两遇盗贼

吉南是一位年轻而有作为的神父，很受主教的赏识。可是，就在吉南将要晋铎之时，他却与一位来做祷告的姑娘埃兰结了婚。当然，他还可以继续做他的神父，但他却不能再有晋铎。主教很是为他惋惜，吉南却很释然。

其实，吉南娶埃兰是有原因的。埃兰和吉南是中学时的恋人。后来，吉南离开家乡，入教做了神父，便与埃兰失去了往来。可是，不久前埃兰来做祷告，便与吉南巧遇。埃兰告诉吉南，自己得了一种怪病，浑身无力，怕见阳光，可是医生却查不出病因。埃兰觉得自己可能要不久于人世，便也逃离家乡，想要做一次祷告，便设法了结生命。吉南看着可怜的埃兰，决定马上娶她。

结婚后，吉南一边精心地照顾着埃兰，一边从事着小镇上的教区服事。这天晚上，吉南到社区中一位病重的老人那里做祷告。吉南觉得这个老人很眼熟，却又一时想不起来。

吉南做完祷告后，迅速往家里赶。可是，当吉南推开屋门的时候，他发现一个蒙面人正在威胁埃兰拿出钱财。吉南想要动手，可埃兰却说："算了。他走了这一步，肯定是有难言之隐。"就在吉南迟疑之际，那个盗贼趁机逃了出去。

第二天早上，吉南按照约定还要到老人那里做祷告。就在吉南推门进入的一刹那，他发现一个身影从老人家的后门一闪而出。而他仿佛就是昨晚的那个盗贼。

吉南进了屋里，发现老人安详地躺在病床上，均匀地呼吸，而病床边上则放着一些食物。吉南怕影响老人的安康，就没有追问刚才那个人是谁。吉南告诉老人，自己以后每天会来照看老人。

吉南又为老人做了祷告。然后，吉南查看了一下老人屋里的家什，发现并没有缺失什么，就又安顿了一下老人，然后上了街。吉南到街上买了一些吃的，给老人送去了一些，然后忧心忡忡地回了家。

二、彩票中奖

吉南为什么忧心忡忡呢？因为给埃兰治病已经快要花光了吉南所有的积蓄，可惜埃兰的病情却总也不见好转。

吉南突然想到了镇上的彩票站。按理说，神父去彩票站买彩票，是有些滑稽的。但是，有什么办法呢？

此后的一个星期里，吉南在给老人做祷告后回来的路上，都要买几注彩票。吉南默默祷告，祈望自己能够中到奖。

连番的不中奖之后，吉南心中很是郁闷。彩票站的老板为了安慰吉南，就留下他喝起酒来。吉南喝得摇摇晃晃之际，又买了一注即开型彩票。时来运转，吉南接过彩票，轻轻一刮，他的酒猛地全醒了。中奖了！中了二等奖！

吉南拿着中到的80万美金的支票，急忙回家。到了家里，吉南一把拥住埃兰："我们有钱了，我们去最好的医院看病吧。"

吉南和埃兰来到约翰霍普金斯医院。可是，经过一系列检查，埃兰的身体各项指标都很正常，这和以前的检查结果还是一样。吉南一筹莫展，但他却满面春风地对埃兰说："既然一切都正常，就说明咱们没有任何病症。走，我们一起去海滩晒太阳！"

埃兰不情愿地和吉南来到了海滩上。吉南拉着埃兰躺在沙滩上。吉南一边轻抚着埃兰，一边慢慢地告诉她："你看，阳光多么美好，我们的生活以后也会像阳光一样美好！"

说来奇怪，吉南这样说了几次以后，埃兰突然觉得自己好了起来。她告诉吉南，她不再那么讨厌阳光了，她觉得阳光照射在身上好舒服！

感谢上帝！吉南叫喊道。吉南沉静了一会儿后，严肃地对埃兰说："我们把彩票奖金捐一些，作为对上帝的感恩，好吗？"埃兰微笑着，点点头。

吉南和埃兰又相拥到了一起。吉南心里想：上帝啊，我不但感谢你治好了埃兰的病，我更感谢你让我和埃兰最终幸福地走到了一起。可是，上帝啊，你能原谅我昔日的罪恶吗？

此时，埃兰笑容满面，她却不知道吉南的心里正在为从前的一件事情难过。就在吉南想把过去的事情全都告诉埃兰的时候，一个人影从吉南和埃兰的身边闪过。吉南目瞪口呆：这个人就是当晚那个盗贼！

三、故人重逢

他到底是个什么样的人呢？吉南决定揭开那个盗贼的真面目。

吉南拉起埃兰，回到小镇。吉南留下了一笔生活费后，就把剩下的奖金一分为二，一份捐给了学校，一份捐给了福利院。做完这些，吉南觉得一身轻松。然后，吉南对埃兰说："让我们去会会那个盗贼吧。"

吉南和埃兰来到了老人的宅院。这次他们发现老人的屋子中有两个人。一个是老人，另一个就是那个盗贼！

盗贼张开嘴角，想要说些什么，吉南本想听他解释，不知怎地，自己的嘴里却冒出了一句："不必说了，我理解你的行为。谢谢你照顾老人。"

老人此时正靠坐在被子旁。老人笑了笑："吉南，我也理解你的行为。我祝福你和埃兰。"

什么？老人竟然知道自己和埃兰的事？吉南心里很是纳闷。

"你还记得这个东西吗？"说着，老人拿出一个黑色头套。

啊！吉南浑身一抖，思绪回到了从前。当年，同是福利院长大的吉南和埃兰在中学相爱，在情人节前夕，男孩都给女孩买了贵重的礼物。可是，吉南身无分文。为了能送给埃兰一份礼物，吉南决定铤而走险，就带着头套跑到一家钟表店里，抢了钟表店老人的一块金表。

可是，吉南并没有敢把金表卖掉。因为回去后他发现自己的头套不见了。此时，吉南一方面想到自己无法给埃兰幸福，另一方面，他更害怕某天自己会被警察破案，于是，吉南就躲到福克斯小镇上当了一名清净的修士，后来做上了神父。而那块金表则被吉南藏匿起来，他想，如果某天他真的被警方抓获，他就把金表物归原主，也算是减轻自己的罪孽。没想到，这么多年过去了，老人还是追到了这里。

"那么，您打算怎么办呢？"吉南颓丧地问道。

"我不打算怎么办。"老人说，"告诉你吧。我的老家就在这里。如今，我不开钟表店了，就回了家乡。我也是一名虔诚的东正教教徒。回来之后，我听镇上的人说，这儿有一位很好的神父，我想去和他交流，没想到我发现这位神父竟然是你。为了弄清你现在到底是怎样的一个人，我就让杰克去你家也‘抢劫’了一次。我想看看你们的反应。你的妻子埃兰真是个善良的人，他对杰克说的话与我当年对你的想法惊人的一致。埃兰能够想到杰克抢劫可能有难言之隐，我当年又何尝不是这么想的呢？否则，当年你早就被我的儿子杰克抓住了。要知道，杰克可是一个空手道高手呢。”

老人接着说：“我又从主教那里，打听到你为了照顾埃兰而放弃了晋铎的机会，今天又得知你把彩票奖金捐献了。看来，我的决定是对的。你真的是一个好神父！”

“彩票？我匿名捐的彩票奖金您也知道？”吉南问道。

“是的。看到你每天都来照看他的善心，看到你救治埃兰的诚心，我父亲决定再帮帮你，就嘱托彩票站的老板专门为你印制了一张假彩票。”“盗贼”杰克说道。

吉南给老人跪下，热泪盈眶。老人神情庄严地说：“孩子，我知道你悔改了。如果你现在是个恶人，我一定会让杰克把你绳之以法的。但你没有让我失望。而我这么做只是想让你明白：暴力和侥幸都无法帮人走出困境，只有爱心才是困境中的光芒啊！就像埃兰用爱坚守，最终和你走到了一起；就像你用爱呵护，让埃兰治好了病症。”

四、终得团圆

这时，埃兰也走过来，双手合十，给老人鞠下深深的一躬。这时，老人瞥见埃兰脖颈后面那块粉红色的胎记，突然激动起来。老人颤抖着双手，说：“你，你不会是我当年遗失的女儿吧？”原来，老人年轻的时候曾经与一位心爱的女子孕有一女，可是遭遇难产，大人竟去世了。那时的老人年纪轻轻，没有能力抚养孩子，就将孩子送到了福利院。但老人一直记着女儿脖颈后面的胎记。

后来，老人始终无法忘记死去的妻子和寄养的女儿，老人开始厌弃红尘，就慢慢信奉上了东正教，成了一名虔诚的教徒。老人终生未再娶妻。所以老人的身份除了是钟表店的店主，也是一名东正教的司铎！杰克呢，则是老人收留的一名养子。

悲欢离合，几多波折，有幸的是最后毕竟得到了一个全家团圆的完满结局。吉南找出了当年藏匿的那块金表，老人把它送给了埃兰做嫁妆。阳光之下，一家人照了一张全家福。此时，金表的光芒和太阳的光辉交相辉映，留下的是一个幸福的永恒！

海盗与警察

马丁克和父亲汤姆森一起深居鲨鱼岛。汤姆森是全美人尽皆知的老海盗，他面貌狰狞，心狠手辣，而且掌握一套驯服鲨鱼的方法，每次出海，总是带着成群的鲨鱼。汤姆森的海盗团伙因而所向披靡。

汤姆森五十岁生日的当天，鲨鱼岛举行了盛大的欢庆仪式。汤姆森一手端着酒杯，一手拿着明晃晃的砍刀。他嘴里狂笑着，一边喝酒，一边割下新抓来的美女的生肉放进嘴里。宴席正酣，喽罗引进来一位神秘客人。马丁克听父亲叫他巴彼。席后，众人散去，汤姆森向马丁克正式引见神秘客人。马丁克这才知道，父亲的海盗集团之所以屡屡得手而毫发无损，除了自身的强大外，还因为有巴彼。原来，神秘客人的身份竟是警界的高级警司。每次警方出击之前，汤姆森都会事先得到消息，所有每次都会在警方到达之前全身而退。

马丁克退出房间后，汤姆森和神秘客人又叙谈了很久。第二天一早，神秘客人告辞离去。马丁克发现父亲汤姆森好像很不高兴。

神秘人的到来，无疑给鲨鱼岛带来了霉运。随后海盗团伙的几次出击，都遭到了警方的围剿。汤姆森狠狠地告诉马丁克，这一定是巴彼干的！马丁克问为什么？汤姆森欲说还休。

汤姆森的欲说还休，使得马丁克可能没有机会再知道实情。一天晚上，就在鲨鱼岛所有海盗都进入睡梦之际，一伙不知道什么来头的人悄悄地摸上了鲨鱼岛。这伙人带来的都是重型火力，岛上的大多数人还没有明白过来是怎么回事就已命丧黄泉。马丁克当晚闹肚子，出来解手，才幸免于难。令马丁克吃惊的是，他发现为首的那个人的长相竟然和自己是那般的相像！

马丁克和其他海盗反应过来后，奋力开火，但那伙人已经乘船扬长离去。马丁克跑进父亲的房间，发现汤姆森已经血肉模糊。再冲进自己的屋子，老婆卡琳和两岁的女儿安娜也已不知去向，屋内的地上只扔着妻子卡琳的一块怀表。

马丁克知道鲨鱼岛已非能藏身之地，就收集起剩余人马，前往缅甸。经过一番刀光剑影，马丁克很快成为金三角有名的大毒枭。

转眼，十年过去了。但马丁克的心头一刻也不曾轻松。因为他还没有为父亲汤姆森报仇，他也没能找寻到妻子女儿的下落。马丁克把贩毒的业务暂时交给心腹麦克，然后孤身一人隐姓埋名住进了华尔街。他听父亲老汤姆森说过，当初去过岛上的那个神秘人巴彼就住在华尔街。虽然那天鲨鱼岛遭袭时，巴彼并没有出现，但马丁克觉得他就是幕后黑手！马丁克要寻机复仇！

马丁克先是整了容，然后在华尔街开了一间杂货店。马丁克很快打听到当年的那个神秘人巴彼的消息。但结果令他很失望，巴彼早已退休了，据说退休后就离开了这里。马丁克很是懊恼，但他有预感，自己一定会在这儿遇见他！

这天晚上，马丁克吃过晚饭，打开电视收看新闻，又一则消息震惊了他：警方目前破获了一起特大贩毒走私案，大毒枭马丁克被当场抓获。警方推测，马丁克很可能就是老海盗汤姆森的儿子！

马丁克大吃一惊。他知道，自己才是马丁克，自己才是老海盗汤姆森的儿子！那么，那个被抓的马丁克又是谁？他又为什么要冒充自己呢？

第二天一早，马丁克刚刚起床，店铺门口进来一个披着一头金发的小女孩。马丁克一见这小女孩，就打心眼里喜欢起来。他想，自己的女儿安娜如果不丢失，大概也该这么大了吧。

“我想买一份礼物，先生。”小女孩害羞的说。“你想买什么？礼物是买给谁的？”马丁克问道。“给我父亲。但我不知道买什么。”马丁克想起，今天是父亲节。小女孩一边说，一边在店铺里转悠起来。突然，她像发现新大陆一样盯住马丁克胸前佩带的那块儿怀表，说：“我就买这个。”

马丁克脸部的肌肉凝固了。十年来这块怀表他一直佩带在身上，一看见这怀表他就会想起妻子和女儿。但是现在，他不知道为什么自己的心竟然变软起来，就将胸前的怀表摘下，捧在手里，抚摸了好一会儿，然后郑重地放到小女孩的手里，说："送给你。"

这天晚上，快要打烊的时候，马丁克还在低头想着怀表的事情，他知道今天是父亲节，他多想见到自己的女儿安娜呀。在马丁克抬头的瞬间，他发现早上来过的那个小女孩又站在门口，手里拿着那块怀表。

"怎么了？我的小姑娘？你不要这块怀表了吗？"马丁克问。"不，"小女孩机灵地眨了眨眼睛，说，"妈妈说这是送给您的。爸爸。"

还没等马丁克明白是怎么回事，门口又闪出两个人。一个是一位中年妇女，另一个是一位白发老人。马丁克定睛看去，不禁热血沸腾，面前的这个女人竟然是失散十多年的妻子卡琳！而那个白发老人竟然也那般面熟。马丁克猛然惊觉：他就是自己找寻多年的仇人巴彼！

马丁克迅速关紧了屋门。然后抽出了手枪，顶在巴彼的头上！巴彼老人面色平静地走向沙发，静静地坐下，微笑着说了一句："今天是父亲节，你就送给老爸这样的礼物吗？"不等马丁克回话，老人开口讲出了隐藏十几年的秘密。

原来，巴彼和汤姆森从小都是流浪儿，两人一起长大，算是生死兄弟。后来，两人同时喜欢上了一个名叫丽莎的美丽姑娘。但丽莎是贵族家的孩子，丽莎的父亲不同意丽莎同两人来往。汤姆森和巴彼一怒之下，就劫持丽莎来到鲨鱼岛。可是，这个岛上鲨鱼凶猛，汤姆森为了保护丽莎，不慎被鲨鱼咬伤，竟丧失了男人的功能。汤姆森就将丽莎让给了巴彼。一年后，丽莎生下了双胞胎兄弟马丁克和杰克。巴彼厌倦做海盗的生活，就劝汤姆森洗手。但汤姆森的脾气暴躁残忍，根本不听劝告。巴彼只好另想对策，对汤姆森说，我们这样做海盗，早晚会被警方收擒，不如我们两人出去一人，混入白道，这样方能互相照应。汤姆森想了想，就同意让巴彼离开，但是必须留下马丁克作给他作义子。其实，巴彼知道，汤姆森这样做，不过是想抓个人质，要挟巴彼。

巴彼出来后，经过一番努力，成功地进入警局，并很快升任高级警官。巴彼也履行了自己的承诺，每次总是及时地为汤姆森通风报信。但是，慢慢地巴彼越来越觉得对不起自己的职业，对不起自己的良心。尤其是那次巴彼去庆祝汤姆森的生日，当巴彼看到汤姆森生吃人肉时，巴彼知道，汤姆森的心理已经变态到了极点。那天晚上，当巴彼好言相劝时，汤姆森竟威胁巴彼说，如果再多言，自己就吃了巴彼的儿子——马丁克！

巴彼回来后，几次警局出警针对汤姆森行动时，巴彼都没有再给汤姆森通信。巴彼知道，此时的汤姆森已经没有一点人性，除掉他是最好的结局。但巴彼也知道，警局的人是无法接近鲨鱼岛的。于是，巴彼就向警局推荐自己的另一个儿子——杰克给警员们作向导。杰克是海洋馆的训练师，从小练习训练鲨鱼等凶猛海洋动物。于是，那天深夜，警局出动了所有精兵强将，一举歼灭了汤姆森团伙的绝大多数成员。混乱中，杰克找到马丁克的妻子女儿，并强行将她们带出了鲨鱼岛……

消灭了汤姆森后，巴彼就辞职退休了。巴彼的内心是极为矛盾的，他需要安静地抚平内心的波澜。同时，他还有一件事要做，那就是设法找到自己的儿子马丁克。他后来查知，马丁克已经成为金三角的大毒枭。巴彼恨自己当初为什么将马丁克留住鲨鱼岛！……巴彼根据自己多年的警探经验推测，马丁克一定会回来找他报仇。没想到，孙女安娜无意中买来的一块怀表竟然牵出了马丁克的所在。

马丁克听了巴彼的讲述，内心久久不能平静。忽然，他又想起了一件事，那就是电视新闻关于毒枭马丁克被捉获的报道到底是怎么回事？巴彼老人听了马丁克问起这个问题，悲伤地说："那是你弟弟杰克。半年前，杰克查出犯了不治之症。杰克在离开人世的最后时刻，还在想着你，他想用自己的命来拯救你啊！……"

马丁克听了巴彼老人的话，眼角的泪水汩汩而下。马丁克动情地喊了一声："爸爸……"随即，一家人紧紧地抱在一起……

杀手不要“暗花”

约翰小时候跟着父亲老约翰不停地辗转在不同的城市或荒僻的乡村。约翰问过父亲为什么，却被老约翰厉声斥责。在颠沛流离中，约翰很快长大了。这年，约翰跟随父亲来到了一座城市住了下来。

一天晚上，约翰独自在家，突然听到了急剧的敲门声。约翰飞速起来，打开门，竟发现浑身是血的老约翰跌跌撞撞地倒在了地上。

约翰赶忙将父亲扶起，并将父亲安顿在床上，然后扑通一下，向老约翰跪下，哭着问：“爸爸，您到底去干什么了？这些年您到底都在干些什么？您都告诉孩儿吧。”

老约翰平静下来后，缓缓地说：“其实，爸爸是个杀手。这些年来，爸爸以此谋生，身不由己。爸爸老迈了，今晚行事不成，还差点不能回来。”老约翰说完，从身上摸出一张羊皮纸。老约翰告诉约翰，这张牛皮纸其实是黑道的辑杀令，上面开出百万“暗花”。所谓“暗花”，就是黑道雇凶杀人的酬金。老约翰说，只想做成这一笔，就洗手不干了，也好给约翰谋个正经的行当。

约翰抱着父亲，心中很不是滋味，他不知道父要为什么选择了杀手这个职业。但他也不好再细问父亲。父亲已经重伤，而接了黑道的“暗花”，领了订金，便已经没有了退路，不成功便只有杀手自己去死。约翰决定自己也做一回杀手，替父亲做成这一票。

约翰从父亲口中得知，要暗杀的对象是个福利院的院长，名字叫做汤姆森。约翰在福利院门口盯了几天，发现很难下手。因为汤姆森总是有几个随行的人，应该都是保镖。

这天，约翰又在福利院门口探视时，发现福利院门口的一个流浪汉模样的人被扶进了福利院。约翰计上心来，便找来一身破旧的衣服，把自己乔装成了乞丐，并真的绝食三天，然后奄奄一息地爬到福利院门口。

约翰很快被安顿在福利院的床位上，然后吃过饭，体力就恢复了。约翰打量房间，简约而不失整洁。和约翰同在一间屋子的还有一个人，正是前几天进来的那个流浪汉。不过，那个流浪汉现在的精神头显得很好。看来，这家福利院做得还真不错。

过了两天，院长汤姆森进了屋子来看约翰。汤姆森首先向约翰问好。然后告诉约翰，福利院是帮助那些毫无自力能力的人的，比如老人和孤儿。

约翰明白了汤姆森的意思。汤姆森是说像约翰这样年轻力壮的人是应该自食其力的。汤姆森想当面动手，但他料定动手后难以逃脱，就忍了下来。

约翰和那个流浪汉一起出了福利院。约翰狠狠地骂了句汤姆森，没想到流浪汉不满意了。流浪汉说，院长其实是对的，咱们的确应该自谋生路的。流浪汉说要跟着约翰一起谋生。约翰脑海里忽然闪过一个念头，就答应了。

约翰仍在福利院门口守候。等了几天，汤姆森终于肯离开福利院了。约翰叫了的士，跟在汤姆森的车后。

约翰发现汤姆森进了一家保险公司。汤姆森在里面好一阵时间，然后在几个保镖的护卫下，又回了福利院。约翰还是没能下手。

可是，接下来的几天，奇怪的事情发生了。每天早上，汤姆森竟然肯脱离保镖的保卫，一个人在街道上慢跑起来。

约翰感到蹊跷，但他来不及多想。约翰叫上流浪汉，两个人也跑着跟了上去。离得很近的时候，约翰抽出手枪，扣动扳机。没想到在约翰开枪的瞬间，那个流浪汉竟贴在汤姆森的旁边。约翰看见流浪汉和汤姆森一起倒了下去。这样最好，约翰叫上流浪汉，就是想嫁祸给他。现在流浪汉和汤姆森一起倒下去，刚好能表示他们两个在搏杀之后双双毙命。

约翰紧忙回了家，向老约翰复命。老约翰听说约翰已经枪杀了汤姆森，便连连说，这下好了，这下好了。

老约翰让约翰在家等着，他去取剩余的“暗花”。约翰表面上答应，却在老约翰出门后悄悄地跟了上去。约翰想知道父亲到底是怎么和黑道联络的。

约翰并没有发现老约翰去什么隐蔽的地方和什么人接头，而是去了一家银行。约翰发现父亲从自动取款机内取出一叠叠的现金。

约翰带着疑惑先行回来，佯躺在床榻上休息。老约翰随后进屋，从皮包里倒出红红绿绿的现金。老约翰兴奋地说，一百万，一百万终于到手了！这些都是你的！

约翰将钱推给老约翰，说："我不要这些钱。我只是替您完成您的最后一次任务。是最后一次，对吗，父亲？"

老约翰缓缓地点了点头，说是的。

过了几天，报纸上登出消息：福利院院长汤姆森病发去世。福利院需要有善心的人士继续支撑。

老约翰说，我们去做福利院。老约翰做了福利院的新院长。他拿出自己多年来的积蓄维持着福利院，真可谓尽心尽力。约翰整天也忙碌着，但他越是看到父亲行善举，他内心的疑惑就越凝重。

约翰终于忍不住了，就问老约翰："这么多年，您到底对我隐瞒些什么？"老约翰笑了笑，说："我不都告诉你了吗？"约翰又问："这次的暗花到底是谁出的?!"

老约翰脸色滞重起来。良久，老约翰说："没错，你也许发现了。暗花其实就是我出的。因为我想看你亲手杀了他！"

老约翰对约翰讲起了往事。原来，老约翰和汤姆森都是孤儿，他们在街头流浪。汤姆森柔弱宁静，而老约翰小时却暴虐强硬。后来他们被福利院的院长格林领养回家。他们在院长家长大，并和院长的小女儿丽莎青梅竹马。长大后，两人都爱上了丽莎，但丽莎是先接受了老约翰的。只是，老约翰那年出国去习武比赛，回来的时候，却发现丽莎已产下孩子，并且因难产而过世！老约翰知道一定是汤姆森夺其所爱。就掠了孩子远走江湖，并做起了杀手的营生。而且，这么多年他一直有一个歹毒的计划，就是要让汤姆森的孩子约翰亲手杀死汤姆森！于是，老约翰自出"暗花"，并佯装受伤，策划了这起刺杀！

约翰听罢，浑身战栗。他没想到自己的身世是如此凄苦，他也没有想到自己竟然亲手杀死了亲生父亲！

约翰抓起桌子上的水果刀，站起来想要向老约翰刺去的时候，有人喊了一声："住手！"约翰定睛一看，推门而进的人竟然是汤姆森！

老约翰也很惊诧，急忙握起了拳头。汤姆森轻轻地摆了摆手，叹了口气：“没想到这么多年了，你还是如此冲动。当年，你不听我的解释，今天，愿你能听我说完。”

汤姆森说，当年的事并不是老约翰想像的那样。当年，老约翰一心尚武，离家外出习武的时候，丽莎已经有了老约翰的孩子。老约翰一走就是一年，眼看着丽莎肚子里的孩子越来越大，而院长格林又得了绝症，无奈之下，汤姆森只好和丽莎假结婚。可万万没想到，丽莎在生产时竟然难产。医生说这都是孕妇在怀孕期间，情绪不佳所致。

随后，老院长格林去世。汤姆森只好用心经营着福利院，并照顾着丽莎生下的孩子，等老约翰回来。谁知，老约翰回来后并不听汤姆森的解释，而是抢了孩子就走，临走时还恶狠狠地对汤姆森说：“二十年后再见！”

二十年很快过去了。汤姆森知道老约翰快要复仇来了。所以他就给自己加派了几个保镖。说实话，汤姆森的心里是万分矛盾的。福利院的经费原本就很紧张，只是他不想不明不白地就死去，他要支撑福利院，他也想把当年的情况说清楚，他还想劝老约翰放下屠刀，回头是岸。

可是，汤姆森体检发现自己得了不治之症。他想自己的时间已经不多了。同时，他也惦记着福利院的维持。就去保险公司给自己上了保险，不管怎样，自己死后，毕竟能给福利院筹集一笔资金的。

听着汤姆森的叙述，约翰和老约翰都唏嘘不已。约翰庆幸自己毕竟没有杀死汤姆森。可是，汤姆森明明是中了枪的啊。就在约翰诧异的时候，门口又走进了一个人。这个人又出乎约翰的意料：来人竟然是那个流浪汉！

“流浪汉”进屋后，汤姆森接着告诉老约翰，这个所谓的“流浪汉”吉米其实也是丽莎和老约翰的孩子，丽莎原本就是生了双胞胎的。汤姆森后来拉扯着吉米长大，一直再未婚娶。而汤姆森没有婚娶，除了要精心经营福利院和抚养吉米外，还有一个隐藏多年的秘密，那就是汤姆森已经没有生育能力。而没有生育能力的原因，竟是老约翰当年强和汤姆森过招误伤的！汤姆森也恨老约翰，也想去找老约翰复仇，但是他知道老约翰不是故意的，冤冤相报何时了。更重要的是他要遵从老院长格林的遗愿，用仁爱支撑好这家福利院。

至于汤姆森后来在街道上跑步，那都是为了引老约翰出动，以便在有生之年将往事做个了结。而所谓的“流浪汉”吉米早已发现了约翰的异动，所以设计跟上了约翰，而约翰所用的手枪是被吉米动了手脚的，当然，汤姆森和吉米一直都穿着防弹衣。

老约翰起身，拥抱了汤姆森。老约翰说：“和你的仁爱比起来，我的武力是多么罪恶和卑微啊。”老约翰接着从怀里掏出一把手枪，顶在自己的头上，“我出来混这么多年，自知总有一天要还的。现在黑道有人出高价‘暗花’买我的命呢，你们去取来，捐给福利院吧”。说完，砰地一声扣动了扳机。

老约翰倒下的瞬间，汤姆森也已不醒人世。约翰和吉米分别抱定一人，痛哭流涕。约翰和吉米安葬了两位老人。福利院就落在了他们兄弟的身上。

约翰和吉米谁都没有想过要去取保险公司的保金和黑道开出的那笔“暗花”。吉米说：“让我们用爱心彼此支撑，仁爱会是永恒的奇迹”，约翰点点头，坚信不疑。

最后一次抢劫

贝尔是个劫匪。一年之内，他已经连续作案12起。然而，在他进行第13次抢劫的时候，这个倒霉的数字令他真的倒了霉。

这天，贝尔选择了一个偏僻小镇的银行下手。然而他还没有得逞，银行里的的报警器就狂鸣起来。贝尔只好冲出银行。可是，刚到银行门口，他发现已经有一辆警车等在那里，一个便衣警察正在用枪指着他。

贝尔愣在那里，心里叫苦不迭，暗自思忖对策。不过，恰好这时，一个脏兮兮的孩子从银行门口走过。贝尔一把拉过这个孩子，随后抽出身后的手枪顶在孩子的脑袋上。贝尔挟持着这个男孩，快步直奔自己停在路边的跑车而去。

贝尔驱车飞奔，车里的孩子战栗不止。确认已经甩掉了后面的警察时，贝尔询问了小男孩一些情况。但小男孩只是摇头，连自己的父母是谁都不知道。难道这个孩子得了失忆症？还是和自己小时候一样，压根就是个流浪的孤儿？贝尔不由得回忆起自己小时候的悲惨经历，不禁可怜起眼前的这个小男孩来。

当天晚上，贝尔在一家旅馆收看电视。电视新闻播报了小镇上发生的这起银行抢劫案。警探老哈里提醒大家，要注意防范。贝尔猛地从床上蹦了下来，原来，开枪对着自己的就是大名鼎鼎的神探老哈里！贝尔早在第一次抢劫之前就听说哈里是个狠角色，老哈里年轻的时候因为开枪击毙了杀人狂魔杜里而一举成名。

能在老哈里的枪下逃生，令贝尔庆幸不已！其实，即便自己挟持着一个小男孩，但如果老哈里开枪射击的话，恐怕他也一定会当场被击中要害乃至毙命。

这次死里逃生令贝尔痛下决心，决定洗手不干了。贝尔给那个算是救了自己命的小男孩起了个名字叫麦克，并认他为自己的儿子。然后带着麦克去了另外一个州，隐姓埋名地过起了普通人的生活。贝尔开了一间杂货店，然后送麦克去学校上学。

几年后，贝尔的杂货店开得有声有色，而让贝尔更为欣慰的则是麦克这个孩子的争气。麦克在学校里成了最优秀的学生。

圣诞节，州长心血来潮要到学校来和学生们联欢。校方当然很开心，也很重视，决定要开一个欢迎会，并让麦克来致欢迎辞。

这天，贝尔也来到了学校。贝尔坐在讲台下，听儿子麦克致辞。说着说着，麦克的致辞里竟然说到自己现在的父亲其实并不是亲生父亲，但却无私地抚养着自己，比亲生父亲还要亲。借此机会，麦克要向父亲说声感谢。麦克说着流了泪，贝尔的眼角也湿润起来。这时，贝尔发现州长竟然也热泪盈眶。州长走上台去，紧紧地拥抱了麦克。

活动结束后，州长找到贝尔，并告诉了他一件往事。几年前，在一次海难中，州长自己虽然得以逃生，但却丢失了自己年幼的儿子。这几年，他每时每刻都在想着自己的儿子。今天，在听麦克致辞时，他第一感觉发现麦克特别像自己的儿子。而当他听到麦克说贝尔并不是自己的亲生父亲时，他的这种感觉就更强烈了！

州长跟贝尔商量，能不能与麦克做一下 DNA 鉴定。贝尔同意了。鉴定结果令贝尔和州长都难以置信：麦克和州长的 DNA 完全一致！那么麦克为什么对过去的事情一无所知呢？医生判定的结果和当初贝尔判断的刚好吻合：真的是因为受到极度惊吓而患了失忆症。

贝尔帮助州长抚养了几年儿子，并将麦克教育得这么优秀，令州长感激不尽。州长决定到学校举行一个感谢活动。一来感谢贝尔，二来也感谢学校的教育。各大媒体纷纷来直播这个感人的画面。

活动中，现场的工作人员为贝尔倒上了一杯热咖啡。但工作人员一不小心，竟将热水泼到了贝尔身上。贝尔慌乱地脱掉上衣，露出了矫健的身材。

过了一会儿，一辆警察鸣叫着驶到现场。贝尔心头一震，发现车上下来的家伙竟然是那个警探老哈里！贝尔转身想要逃走，却被州长一把抱住！而这时，老哈里已经冲上前来，将一幅手铐铐在了贝尔手上！

老哈里跟州长说他一直在追查贝尔的下落。今天，他在附近的一家餐厅就餐，看到电视上正直播节目，而贝尔竟刚好在画面上出现，就马上奔了过来。只是哈里不明白州长怎么也知道贝尔是嫌犯，并帮助自己抓住了他。

州长叹了口气，用手轻轻地去抚摸贝尔上身的一块玫瑰色的胎记，悲恸地说，我不是帮你抓他，我是想要拥抱他。因为他是我的亲生弟弟呀……

原来，州长还是十几岁的孩子的时候，他和弟弟一起流浪。一天晚上，弟弟在窝棚内发起了高烧，哥哥慌忙上街去买药。没想到，到了街上，却被人开枪击中，倒在血泊中。可恨的是，开枪的人只是看了他一眼，就跑开了。第二天早上，等哥哥醒来爬着回到窝棚时，却再也不见弟弟的踪影……。这么多年过去了，没想到弟弟还活着，没想到自己还能看到弟弟身上那熟悉的胎记……

听了哥哥的讲述，贝尔心中翻江倒海。当年的那个夜里，他在窝棚里苦苦等着哥哥回来，却始终不见哥哥的踪影。情急之下，贝尔挣扎着爬出窝棚，去街上寻找哥哥……。

正当贝尔陷入对往事的回忆的时候，沉默了半天的警探老哈里突然对州长说，对不起。当年开枪射中你的就是我。

州长愕然。老哈里接着告诉州长，当年那个夜里，哈里正在追击杀人狂魔杜里。等到拐过一个胡同时，哈里开枪射击，不料竟击中了一个行色匆匆的男孩。哈里看到那个男孩倒下了，但是为了追到那个杀人狂魔，哈里只好狠狠心，继续追捕。追了半夜，哈里终于击毙了罪犯。然而，等到他回来查看那个被他误伤的男孩时，却只看到地上的一滩血迹。这次击毙杀人狂魔杜里让警探哈里成了名，但也给哈里留下了一份永远无法释怀的良心债。以后，每次追击罪犯，哈里再也不敢在可能伤及无辜的情况下开枪了……

贝尔听着老哈里的讲述，终于明白了抢银行那天为什么老哈里没有向他开枪射击，而使他得以侥幸脱逃。

尴尬的电视直播，尴尬的现场。但所有的记者们却全都不枉此行。正当记者们在暗忖下一步会发生什么时，贝尔做出的举动还真的令所有人迷惑不解。

贝尔扑通一声跪在地上，对着州长。但贝尔向州长说的话不是抱歉，不是对不起，而是一句深情的："谢谢……"。

大家不明就里。贝尔接着解释，如果当年不是哥哥挨了哈里无辜的一枪，那么现在的贝尔说不定早就死在哈里的枪下了！

这天晚上，警察局里的灯光通宵达旦。警局在研究贝尔的案情。在大家各自谈了自己的看法之后，警探老哈里终于发言。老哈里说了三点。第一，贝尔的最后一次抢劫未遂；第二，以前的抢劫证据不充分；第三，贝尔还是州长的弟弟。

第二天，警察局委托老哈里向贝尔做出通告：拘禁贝尔十五天，免于刑事起诉。

然而，贝尔微微一笑，回绝了老哈里的好意。贝尔主动请刑，供认了自己以前的罪行。贝尔说，这么多年来，他自己其实也一直在承受着良心上的煎熬。他也想过自首，但是如果他自首了，就没有人来照顾麦克了。所以他迟迟未决。如今，麦克终于找到了他的亲爸爸，自己也就没有牵挂了。而且最重要的是，这几年来麦克的茁壮成长渐渐地使贝尔的心愈加柔软起来。贝尔绝不想给自己的儿子（当然现在只能叫侄子了）留下社会司法不公的印象，他想叫他永远优秀而正直！

这时，一个男孩跑过来抱住贝尔。是麦克。麦克流着眼泪拥抱着贝尔说，我等着你回家，爸爸！

贝尔忍住泪，走进警局，转过身，留下了一个永恒的微笑……

该给你一个机会

凯瑟琳是一家医院的护士，她心地善良，善解人意，深受同事乃至病人的喜爱。

这天，护士长分配给了她一个新任务，让她去照顾一位看心理科的病人。

凯瑟琳走进病房，看到了一位英俊魁梧的男士。凯瑟琳随意地和这位名叫汉森的男士聊了起来。凯瑟琳觉得汉森温文尔雅，谈吐不凡，根本就不像是心理上有问题的人。但看看汉森那略带忧郁的眼神，凯瑟琳还是觉得汉森的心中一定有着难言之隐。

凯瑟琳觉得自己应该帮助汉森走出心灵的阴霾，就无微不至地照顾他。凯瑟琳每天都和汉森闲聊，在闲聊过程中，两个人都惊讶地发现彼此有着很多共同的兴趣和观点。

凯瑟琳觉得时机成熟了，就委婉地询问汉森的心中有什么事，并告诉汉森，自己会为他保密的。

汉森低下头，沉默半晌，终于开了口："我这些天住在医院，是要做一个决定。我真的受够了。坦白地说，我结过婚，但留给我的只是五年痛苦的回忆。好在，一切终将过去了。"

原来是汉森的婚姻出了问题。凯瑟琳心里很是不解，对于汉森这么优雅的男人，而且还是有着一家律师事务所的成功男人，他的妻子为什么会不懂珍惜呢？凯瑟琳没说什么，只是告诉汉森一切随缘就好。汉森深深地点了点头。

和凯瑟琳谈完心后，汉森如释重负，随后就办理了出院手续。看到自己的病人康复出院，凯瑟琳很是高兴，但不知为什么，汉森离去后，凯瑟琳的心里竟然有些失落。

虽然有些失落，但随后凯瑟琳就释然了，汉森不过是自己的一个病人罢了。过了几天，凯瑟琳的心头就平静了。

但没想到，汉森又出现了。汉森开始每天都给凯瑟琳送来一束玫瑰花。凯瑟琳坠入了爱河。

很快就到了凯瑟琳的生日了。汉森接凯瑟琳去了自己的公寓。这天晚上，汉森亲自下厨，为凯瑟琳做了可口的饭菜。烛光盈盈之际，汉森掏出一个宝盒，用双手捧到凯瑟琳的面前："嫁给我吧。"

幸福来得如此突然，凯瑟琳含情脉脉地看着汉森，她知道自己的心早已交给汉森了。喝了红酒，吃完蛋糕，凯瑟琳幸福地依偎在了汉森的臂弯……

然而，第二天清晨，凯瑟琳的美梦被一阵急促的敲门声击得粉碎。汉森打开房门，一个凶神恶煞似的女人正站在门口。这个女人推开汉森，进了屋子，一眼就看到了睡在床上的凯瑟琳。还没等凯瑟琳反应过来，这个女人"哇"地一声，就大哭起来。一边哭，还一边用力捶打着汉森："你这个混蛋，我的肚里怀着你的孩子呢！"

凯瑟琳迅速从床上起来，夺门而出。凯瑟琳开始懵了，她不知道汉森当初在医院里说的是不是实话，也许汉森根本就是在玩弄她的感情。

在接下来的几天里，汉森不断地给凯瑟琳打电话，但凯瑟琳一个都没有接。汉森也曾来到医院和凯瑟琳的住所，但都被凯瑟琳回绝了。

凯瑟琳决定离开汉森的纠缠，就辞了职，去了另外一个陌生的城市，找了一份新的工作，决定开始新的生活。

凯瑟琳原本以为这样就可以将自己和汉森那段过去埋葬，但她想错了。有时候在大街上看到一个高大魁梧的男人，凯瑟琳总会不由自主地多看一眼，心里竟然希望他就是汉森。

更让凯瑟琳没有想到的是，她发现自己竟然怀孕了！凯瑟琳不知道自己是否有足够的勇气单独抚养一个孩子，但她又实在不想扼杀自己体内正在成长的生命。最后，凯瑟琳还是决定将这个孩子生下来。

当小格林生下来之后，凯瑟琳知道自己做了一个正确的决定。儿子非常可爱，他在给凯瑟琳带来艰辛的同时，也带给了凯瑟琳巨大的欢乐。

凯瑟琳还是会想起汉森，想汉森的时候，她就会仔细地端详自己的儿子。但凯瑟琳发现，渐渐长大的小格林长得并不像汉森。不过，这又有什么关系呢。小格林是自己的儿子，是自己的生命，这就足够了。

一晃几年就过去了。凯瑟琳的生活，也慢慢步入了正轨。然而，有一天，凯瑟琳突然接到了小格林出生的那家医院打来的电话。医院说，小格林可能不是凯瑟琳的儿子。也许医院方面犯了一个错误，在产房里将婴儿弄错了，而凯瑟琳真正的儿子则在另外一对夫妇手上。

听完电话，凯瑟琳如五雷轰顶。凯瑟琳跌坐在椅子上面，怀里却紧紧地搂住小格林。懂事的小格林也紧紧地抱住凯瑟琳，也许他也能感觉到自己的生活出现了大麻烦。

凯瑟琳没有直接去医院，而是去了律师事务所。从律师那里，凯瑟琳明白，这是一个异常复杂的案例，如果双方都同意交换孩子，就简单些。但哪一方如果不想把孩子换回去，也并非不能做到。因为从法律上来说，这样的情况，要优先考虑孩子的健康成长问题。这种健康当然指的是孩子的心理健康。

凯瑟琳犹豫不定。第二天，凯瑟琳带着儿子小格林去了医院。院长说明了大致情况：几天前，乔治夫妇带着儿子小布雷来医院检查。但在给孩子小布雷检血时，发现孩子的血型既不是母亲的，也不是父亲的。也就是说，这个孩子根本就不可能是他们亲生的！他们赶忙和院方交涉，因为他们的孩子就是在这家医院出生的。查了医院的档案，当天在这家医院出生的婴儿只有两个，一个是小布雷，而另外一个就是凯瑟琳的儿子小格林！

医生给凯瑟琳和小格林分别抽了血样。凯瑟琳双手合十，心中默默祈祷，这一切千万不要是真的啊。

然而，检验的结果很快出来了，小格林和凯瑟琳根本没有血缘关系！

回到家里，凯瑟琳给小格林做了一顿丰盛的晚餐，自己却没有一点胃口。凯瑟琳一夜未眠，她真的不知道自己该怎么办。

凯瑟琳请了律师。她想让律师先替自己去交涉交涉。律师很快给了凯瑟琳反馈：对方乔治夫妇家庭状况不错，并且为人都很善良。他们希望能找到一个妥善的办法解决这一问题。他们还说，愿意在律师不在场的情况下，先见见面。

凯瑟琳同意了。虽然小格林和自己朝夕相依为命，实在难以割舍，但她毕竟想要亲眼看一看自己的亲生儿子。

在游乐园，凯瑟琳见到了乔治夫妇和自己的亲生儿子小布雷。见到小布雷的一刹那，凯瑟琳的心里猛然一颤：那个小家伙分明就是一个小汉森，那眼睛，那微笑，分明就是汉森的！凯瑟琳情不自禁地抱起了小布雷，而乔治夫妇则紧紧地抱住了小格林。

小格林和小布雷倒是毫不认生，两个小家伙玩得很是开心。凯瑟琳和乔治夫妇坐了下来，开始商定一个妥善的解决方法。

没想到，乔治夫妇的态度和凯瑟琳的态度竟然是一致的，那就是先将错就错，保持现状。既然两家都在同一城市，当然可以随时安排会见自己的亲生儿子。等到孩子们长大些，而两家人彼此都建立感情的时候，或许可以再将真相告诉孩子们。

回家的路上，凯瑟琳的脑海里还念念不望小布雷的身影，但她也实在舍不得小格林。不过，乔治夫妇如果知道自己是一个单身母亲，靠着微薄的工资度日，他们会不会改变主意呢？凯瑟琳此刻不由得又恨起汉森来，自己此刻多么需要一个男人的帮助啊！

过了两天，双方各带了律师见面，要把他们共同商量的方法落实到书面上。然而，当凯瑟琳和乔治夫妇再度见面时，凯瑟琳却愣在原地一动不动。凯瑟琳的眼睛直直地盯着乔治夫妇请来的律师。

“怎么了，凯瑟琳女士？我忘了介绍了，这是我们的律师汉森。其实也是我的表弟。你知道，这件事，我们不想让更多的人知道的。”乔治说。

凯瑟琳当然认识这位大律师，凯瑟琳没有想到，和汉森别离多年，竟然在这样的场合下见了面。凯瑟琳的眼泪情不自禁地流了下来。

汉森也是目瞪口呆。看见凯瑟琳流泪，汉森上前抱住了凯瑟琳。凯瑟琳挣脱了汉森，哽咽着痛哭：“你这个骗子，老天为什么还让我遇见你！”

“亲爱的，我从来就没有骗过你。这些年，我一直在找你，可你为什么就不肯给我一个机会？”

接着，汉森道出了当年的隐情。原来，在汉森始追求凯瑟琳的时候，汉森已经和妻子离了婚。但妻子回来，说怀了自己的孩子的时候，汉森着实懵了。然而事实的真相是，汉森的妻子水性杨花，所怀的孩子根本就不是汉森的。但等到汉森弄清真相，再去寻找凯瑟琳时，凯瑟琳早已了无踪影。

竟然是这样！凯瑟琳心想，也许自己当年的匆忙离开真的是一个错误，自己是该给汉森一个机会的，哪怕是他真的犯了错。

凯瑟琳的婚礼在几个星期后举行。汉森律师事务所也从原来的城市迁到了这里。两家人每个星期都要相会。小格林和小布雷就像亲兄弟一样，他们每一个都拥有两对父母，两个家。自然，凯瑟琳夫妇和乔治夫妇，也都拥有两个儿子。

令所有局外人都不敢相信的是，当医院的院长亲自来谈赔偿的时候，两家人竟然没有接受。相反地，两家人拉住院长的手，真诚地说着：“谢谢……”

一只鹦鹉泄了秘

警探杰瑞最讨厌阴雨天。这天，快到中午的时候，阴沉的天空终于放晴。杰瑞正打算回家，电话突然响了：北环的一家旅店发生了命案！

杰瑞驱车赶到旅店。他发现旅店的门口已经围了几名交通警察。很明显，这里发生了一起车祸，一名男子被当场撞死，死得惨烈，已经面目全非。

杰瑞正要上前询问，旅店的老板娘迎了过来。老板娘说楼上的房间里还有一具女尸呢。杰瑞随着老板娘进了房间，发现一个妙龄女子死在了床边。杰瑞仔细勘探现场，一把雨伞引起了他的注意。死者是女子，而这把伞却是一把黑色男用雨伞。杰瑞收起雨伞，交给助手，准备拿回去化验。

杰瑞下了楼，又走到车祸现场。肇事的出租车司机是一个高大的男子。车上还有一个女子，长相蛮漂亮的。司机正在向交警解释说，他拉着车上的女乘客来旅店，一名男子飞速地从旅店门口跑出来，直接撞到了车上。车上的女子也开口作证说，就是这种情况。杰瑞问车上的女子：“你叫什么名字？来这里有什么事？”女子说：“我叫卡琳，是来找我的一个姐妹的。”

杰瑞一惊，忙叫卡琳下车，带她来到了楼上。推开房间的一刹那，卡琳惊叫一声，随即哭嚎起来：“安娜，我的好姐妹，你这是怎么了?!”

杰瑞心里暗自思忖，今天这是怎么了，怎么什么都这么巧合！杰瑞骂了句该死的阴天！随即让卡琳下楼去，因为卡琳和出租车司机是交通肇事的当事人。

杰瑞带着老板娘回警局做了笔录。杰瑞问，那个男子为什么要匆忙从旅店里跑出来？老板娘说她没在意。

问讯完老板娘，杰瑞又赶忙去了趟交通警局。死亡男子的身份已经确认，他是某饭店的一名服务生，名叫汤姆，从户籍资料里查了一下，汤姆是个孤儿。根据现场的情况推断，汤姆的确是自己撞到车上的。所以交警打算让司机出钱殡葬汤姆，并处一笔相当数额的罚金就算了事。杰瑞说汤姆可能与另外一起命案有关，要求暂时不要火化。

杰瑞去饭店了解情况。饭店老板说汤姆的确是店里的服务生。而且安娜也是。安娜和汤姆是恋爱关系，不过最近好像在闹别扭。杰瑞问，汤姆平时使用什么样的雨伞？老板说是黑色的。

杰瑞赶忙又去了趟交通警局，提取了汤姆的指纹。杰瑞回去和伞上的指纹一对照，完全吻合。杰瑞恍然大悟，案情终于明了：现场的雨伞一定是汤姆为了防雨带去的。然后汤姆和安娜又闹了矛盾，汤姆失手杀死了安娜，在逃离现场时，由于慌乱撞到了车上。

案子结了，杰瑞松了口气。一天早上，杰瑞在街上闲逛，信步走进了一家辣面馆。杰瑞听见店里有人在争吵。原来是店门口挂着的一只鹦鹉被一个女食客掐死了。杰瑞上前询问是怎么回事。那个女食客说，这只讨厌的鹦鹉从她一进店门就开始吵个不停，不断地骂她是“疯女人”！她一气之下就掐死了鹦鹉！不过老板娘显然也不是省油的灯，非要女客人赔钱不可。杰瑞给她们做了和解：鹦鹉骂人是不对，但人和动物一般见识还痛下杀手也不对，女食客还是应该赔点钱。杰瑞说完，女食客痛快地答应了，她从衣兜里掏出一叠钱，甩给了老板娘几张，就匆忙离去了。

杰瑞好奇，问老板娘鹦鹉怎么骂她是疯女人？老板娘说：“她不是疯女人谁是疯女人？前不久，这个女子来店里吃面，丢下一把雨伞。过了几天，她又来这里，我就把雨伞交还给她。没想到她抱着雨伞又亲又啃，还一个劲儿地说，亲爱的雨伞，幸亏你在这儿，幸亏你在这儿！一把雨伞让她激动成这样，不是疯女人还是什么？”老板娘接着说：“也怪我，她走后，我信口说了句‘疯女人’，没想到我这个‘疯’鹦鹉嘴欠，什么都学，纯属自找死路！”

杰瑞听后浑身不舒服，又是关于雨伞！突然，他回过神来，刚才的那个女子不就是当日在旅店命案现场出现的卡琳吗？怪不得刚才那么眼熟！她为什么对一把雨伞那么激动呢？杰瑞追了出去，但哪里还有卡琳的踪影！

杰瑞觉得有隐情，但茫茫人流，到哪里去找卡琳呢？杰瑞灵机一动，又去了安娜生前所在的饭店。既然卡琳说安娜是他的姐妹，说不定能在这里找到线索。事如所料，老板说，卡琳也曾是饭店的服务生，不过几个月之前就辞职了。据说是找了个有钱的男人。

这个有钱的男人是谁呢？杰瑞的探查又陷入了困境。杰瑞随后从辣面店老板娘那里得知那把雨伞是红色的，而不是黑色的。其实以前的案子早就定了，看来这只不过是杰瑞的多疑罢了。

圣诞夜，杰瑞在家里装扮成了圣诞老人，逗孩子们开心。没想到电话又响了。报案的是一个农场主。杰瑞赶到农场主家里的时候，发现两个“圣诞老人”互相死死地掐住对方的脖子不放，而屋里血淋淋地躺着许多死去的猫，狗，松鼠等小动物。

杰瑞鸣了一枪。两个“圣诞老人”昏死过去。和农场主一起扳开他们时，杰瑞大吃一惊，其中一个“圣诞老人”是农场主的儿子亨利，而另一个竟然是卡琳！

卡琳醒来后，哈哈地疯笑一通，嘴里念叨着：“我是‘圣诞老人’，我是‘圣诞老人……’”，在卡琳疯笑的同时，农场主将他的儿子亨利拖进里屋。杰瑞带着先前的疑问，直截了当地问卡琳：“雨伞是怎么回事？”

没想到，卡琳眼睛放光，直勾勾地盯着杰瑞。然后也直截了当地说出了让杰瑞震惊的一些事情：“我知道你怀疑我。不错，安娜是我杀死的。

其实我并不想杀死她。我和她都是孤儿，我们一起长大，我们一起上班。她认识了她的汤姆，汤姆疼她，她很幸福。后来我认识了亨利，亨利喜欢我，并且很快向我求婚。我答应了亨利。结婚前几天，我们在农场里举办了一个舞会。我约来了我的好姐妹安娜。

安娜在舞会上，邀我的未婚夫亨利跳舞。这并没有令我生气。但是，我发现安娜拉着亨利的手进了房间。我跟踪了过去，听见安娜在里面说我的坏话。安娜不让亨利娶我，安娜说我不正常，说我的内心和表面不是一回事。然后，我听见亨利痛苦地唉声叹气。我气愤极了！不过，当时我没有声张。

第二天一早，我先吃了碗辣面，就去找安娜质问。没想到，还没等我开口，安娜又劝我说，千万不要和亨利结婚，和他结婚你会后悔的！我气愤极了，安娜竟然两面搞破坏！他一定是也看上亨利了！我就上前掐住她的脖子，死死不放，一直到她断气！

我懂得警察破案的手段，掐死安娜后，我用布擦净了指纹。所以，你们根本发现不了我。……”

杰瑞插了一句：“雨伞是怎么回事？你又怎么会撞死汤姆？”

卡琳接着说：“死的是汤姆？哦，当时那个人面目全非，我没认出来。汤姆真是不幸。不过，我没有故意撞死汤姆。的确是他自己撞到车上的。关于雨伞，是这样的。当天是个阴天，我为了防雨就带了把雨伞。杀死安娜后，我发现随手携带的雨伞不见了。我担心丢在了现场，就打车回去取。没想到在旅店门口撞死了人，司机不让我下车，非要我给他作证。很快你们警察就来了。……”

杰瑞又问：“可现场的雨伞是男用的，而你又为什么掐死鹦鹉呢？”

卡琳笑了笑：“这还不简单。那把雨伞肯定是汤姆的。汤姆一定是见到安娜死了，就吓傻了，丢下雨伞下楼狂跑。至于我掐死鹦鹉的原因，是因为它骂我是疯女人。其实，从命案现场回来，我一直在担心，因为我没找到雨伞，我担心雨伞被你们拿了去。可是那天我突然在辣面店找到了雨伞，我知道自己没有一点干系了。所以就抱着雨伞狂欢！”

“那你现在又为什么全都坦白交待了呢？”杰瑞问。

卡琳悲凄地回答：“因为我发现，也许安娜说得对。亨利的确不正常。他经常莫名地杀死狗，还有松鼠，他是个疯子！……”

卡琳还没有说完，亨利从里屋蹿了出来，大叫：“警察，快把她抓走，她才是个疯子，她总是杀死猫咪！”

杰瑞有些懵了。这时，农场主讲出了隐情。原来，亨利的确神经失常，是农场主的一块儿心病。但是有一天，亨利偷偷跑出去带回来一个女孩（就是卡琳）后，精神就正常了。农场主兴奋不已，就先开了个舞会，然后给亨利和卡琳办了婚事。没想到，婚后没多久，就又出了变故，他发现卡琳的精神和儿子亨利一样失常！圣诞之夜，两个人又玩起来杀害小动物的游戏，不知道为什么就突然掐到了一块儿！

杰瑞问农场主亨利为什么会精神失常。农场主说，都是我造的孽呀。我的第一任夫人生了亨利。亨利七岁的时候，我抛弃了她，亨利就精神失常了……

杰瑞突然想起，他年轻的时候也有过和农场主相似的经历。只不过他是将自己的女人和女儿一起抛弃了！杰瑞算了算，自己的女儿现在大概就是卡琳这么大！杰瑞不敢往下想了，他傻傻地愣在原地一动不动……

第三辑

EPISODE 3

大善无疆

生死垂钓

马克是一家海洋馆的驯兽员，专门训练海豚。但最近马克却想要辞职，原因是他的女朋友嫌他赚钱不多，又没有太多的时间陪她。马克心烦意乱之际，就请了几天假，想出海去垂钓散心。

刚好，马克的朋友汉森的游轮要出海，马克就登上了汉森的船。上了船，马克的心情稍稍好过了些，因为游轮上的几个朋友都是从小长大的哥们，大伙插诨打科，嬉笑怒骂，很是爽快。

出海的时候，东方刚刚泛起肚白。大伙站在船头，望着远处越来越清晰的曙光。一阵微风吹过，一群海豚在波光闪闪的海面上围着轮船欢跃着觅食，不时发出“啾啾”的叫声。船越行越远，而这些海豚竟也一直尾随着。大伙从船舱拿来食物，抛进海水里，这些海豚就欢呼雀跃着吞下这些美味。虽然大伙此刻都很兴奋，但马克却是眉头紧锁，以前他是最喜爱海豚的，但现在的自己，却因为是个驯兽员，而将失去爱情。

船行到了深海，马克取出钓竿，开始垂钓。这里的鱼儿真是很多，不一会儿，马克就已经钓上了满满的一桶鲅鱼。可大伙却很扫兴，因为鲅鱼不仅营养价值低，而且味道也不是很好。

中午饭，大伙吃的就是这些鲅鱼。大伙吃完饭，竟打趣地说：“尊敬的马克先生，您就不能钓上些好吃的鱼上来?”听大伙这样说，马克也觉得有些不好意思了，并且很是有些恼怒。马克决定吃过饭后，再去垂钓，不信就钓不到一些鲜美的大鱼上来。

午饭过后，大伙都打着饱嗝小睡一番，马克却一个人出来了。马克到游轮的后甲板上找来了一堆小手指粗的尼龙绳，又找到了一个稍细一点的船锚。

马克决定要用这个船锚来钓大鱼。

马克从鱼桶里抓出一条上午钓的鲅鱼，挂在大铁钩上，然后把它抛入大海。马克先是用双手牵着鱼绳认认真真地钓了一会儿，但久久不见有大鱼上钩。

忽然，马克听到绳子被绷紧时发出的响声。果然，当他起身看时，那条斜插在海水中的绳子已经绷得紧紧的。马克的心情无比激动，赶忙用双手拽拉鱼绳，可绳子的那一头就像系了千金巨石，哪里拉得动。

“哈，我真的钓到大鱼啦！”马克兴奋极了。马克想要亲自把它钓上甲板来，好让大伙瞧一瞧他是一位多么了不起的钓鱼高手。马克自得其乐地与大鱼较上了劲：当鱼绳稍有松动时，他就迅速往回收拉绳子；当大鱼往前游动时，他就紧攥着绳子，让绳子从手心中滑出去，以此来消耗大鱼的力气。

人与鱼就这样你来我往地僵持了约莫半个小时，鱼还没有松劲，马克却觉得有些支撑不住了。

时间在流逝，马克想，自己一定要在大伙睡醒前将这条大鱼钓上来。等鱼绳再次松动时，马克使出浑身力气，拼命往回收绳子。这一用力果真奏效，他一直把这条大鱼的半个头都拉出了水面。

定睛一看，马克大吃一惊：原来上钩的竟是一条大鲨鱼！这条鲨鱼身长 3 米左右，大约会有 100 公斤重！

马克兴奋不已。如果自己能把这条大鲨鱼钓上来，大伙肯定会对他佩服得五体投地的。但此刻马克的手心已经被绳子磨出了许多血泡，疼痛难忍。马克忽然有了主意。他站在原地转起了圈子。把回收上来的绳子不断地缠绕到腰身上。

洋洋得意的马克认为自己终于找到了与鲨鱼斗法的妙招。他想这样任凭鲨鱼怎么用力，缠绕在身上的绳子都不会从他的手心滑入海里去了。

鲨鱼终于被拖到了船舷下。这时鲨鱼开始奋力挣扎，发疯似的搅动它那强有力的大尾巴，拍打得海水四处飞溅，水花飞上 5 米多高的船舷，直把马克淋得像一只落汤鸡。

此刻，马克的身子摇摇晃晃，被拽到了船舷边，幸好有护栏挡着，他才不至于掉下海去。这时马克才意识到问题的严重性，他也许根本就不是鲨鱼的对手。马克想放弃，但鲨鱼仍在拼命地拽拉绳子，而围在马克腰间的绳子越勒越紧，根本就无法挣脱。

马克只好用双膝顶着护栏，两手再紧紧地抓住护栏，勉强与鲨鱼抗衡着。缓了一口气，马克大声呼喊着朋友汉森的名字。

幸运的是，汉森此刻刚好睡醒，走上了甲板。汉森听到了马克的呼喊，赶忙跑过来，用双手紧紧勒住绳子。但两个人用尽全力，也没能拉动水中发狂的鲨鱼。

“再坚持一下，我去叫人”，汉森松开绳子，转身跑开。马克刚想制止汉森的离开，却来不及了。正在此刻，鲨鱼突然发力，拽得马克的双脚一齐离开了甲板，马克鬼使神差般地凌空飞越过护栏，“扑通”一声，掉入了大海。

马克满脑子都是昏昏沉沉的，只觉得整个身躯就像电钻一样在水中旋转起来，并接连呛了几口海水。

“挣脱绳子，马克！”马克抬头，发现大伙都来到了甲板上。大伙紧接着又向马克扔来了救生圈。马克奋力游动，扶住了救生圈。

过了一会儿，马克感觉到鲨鱼放慢了摆动的速度，勒紧的绳子也开始松动了。马克迅速活动了一下早已僵硬得不听使唤的双手，胡乱地在腰部前后摸索着。终于，马克在腰后找到了绳扣。

马克手忙脚乱地解着绳扣，但由于尼龙绳浸泡膨胀，马克一连解了几次都无济于事。然而此刻，马克发现，那原本向远处游动的鲨鱼竟然回过身来，冲着他游动过来！

马克咬紧牙关，使出全力，终于解开了绳扣。绳扣被解开了，马克又燃起了生的希望。但马克此刻已经精疲力竭了，他发现自己已经没有力气游向轮船了。

一个海浪席卷过来，把马克送上了波峰。马克清楚地看到了不远处有一面黑色的小旗在摆动。不好，这是鲨鱼露出海面的背鳍！鲨鱼正箭一般地向马克这边游过来，20 米，15 米……，一股浓重的腥味直逼过来。

在这千钧一发之际，马克倒冷静了下来。他知道鲨鱼的视力很差，于是他浮在水面上，一动不动。果真，鲨鱼在离他只有 5 米远的地方停了下来，用凶狠的目光盯着他，并不停地张合着大嘴巴，试图吐出口中的大铁钩和尼龙绳。

此刻，又一波海浪打了过来，将马克的身子冲得左摇右摆，鲨鱼还是发现了马克。海浪还没有退下，鲨鱼就张开大口，迅速逼向马克。

情急之下，马克发现了救生圈上的救生哨子，便迅速取下，用尽平生之力，吹了起来。哨声震耳欲聋，划破海空，鲨鱼被惊得一个猛子向后退去。

马克总算暂时脱险，但刚才鲨鱼退去的时候，那锋利的鱼鳍却将马克的右肩划开了一道口子，鲜血立即将周围的海水染红。

马克稍稍喘息。朦朦胧胧中，他又发现一股巨大的水浪向他冲来，而浪尖上有着数不清的似曾相识的“小三角旗”。马克心惊肉跳起来，难道是血腥味引来了鲨鱼群？马克灰心到了极点，想不到自己钓了半天鱼，竟然被鲨鱼给钓了！

突然，群鱼接二连三地跃出水面，马克睁大眼睛，看得真切，这不是鲨鱼，而是海豚！接着，海豚将马克团团围住，并不时地用嘴来推顶他。在海洋馆做驯兽员的他，不止一次听到海豚救人的故事。没想到，这一切竟都是真的。

海豚将马克慢慢地推向了游轮。这时，汉森也开着救生艇向马克靠近。马克在昏厥之际，终于被救上了救生艇。而那群海豚，还久久地围着救生艇发出“啾啾”的欢叫声。

出海归来后，马克又回到了海洋馆。马克看着海洋馆里那些熟悉的海豚身影，流下了激动的泪水。这次生死垂钓的经历，让马克明白了一些道理。他觉得自己本不应该在朋友们的玩笑下，就恼怒地要给他们证明什么，他也不应该在女朋友的抱怨下，就放弃自己喜爱的事业。

做真的自我。马克在心中默念到。马克忽然觉得生活忽然变得如此美好……

救命珍珠

李甲是个蚕农。这年夏天，桑叶短缺，李甲只好渡过陡河去对面的山谷里采摘桑叶。

李甲走到河边时，眼睛忽然被明亮的光线刺中。李甲循光过去，竟发现河滩的一块儿卵石下赫然躺着一粒杏儿大小的东西。李甲捡拾起来一看，晶莹剔透。李甲心想自己一定是捡到珍珠了！

李甲兴奋不已，就想转身回家。可回头没走几步，却发现一个白发老翁正坐在地上流泪。李甲上前询问，原来老翁是住在河边的渔夫，今天早上正想出去打渔，却发现自己把传家的珍珠弄丢了。

李甲思忖片刻，觉得自己不能昧下不义之财，就从衣兜里掏出刚刚捡到的珍珠，交给了老翁。老翁千恩万谢，不在话下。

过来几日，家中的桑叶又要光了。李甲又想过河去打桑叶。到了河边，李甲发现几日前见到的那个老翁正提着几条鱼过来。老翁见了李甲，非要拉李甲去他家喝上几盅。

李甲盛情难却，就随老翁来到了一间小屋。李甲和老翁推杯换盏，不觉得就喝高了。李甲竟昏昏然睡了过去。

李甲在睡梦中被人摇醒的时候，已经是傍晚了。李甲睁开眼睛，只听堂兄焦急地说："你这懒鬼，可真是命大。今天下午河里起了巨浪，卷走了好几个人呢！"

李甲猛地一惊，发现自己正睡在一快儿大青石上，而青石的旁边竟然有一个老死去的巨大蚌壳。李甲起身时，又觉得手里有东西。张开手掌，李甲定睛一看，竟然就是那粒漂亮的珍珠！

奇效银簪

三年困难时期，糠菜半年粮。正是农忙时节，五爷家已经揭不开锅。

这天中午，一家人喝着清水菜汤，肚子里咕咕地叫得厉害。只有五爷的面前摆着两个窝头。五爷不是心狠，是没办法。吃过饭，五爷还要下地做活儿呢。

五爷正拿起一个窝头细细地咬了一口，却看见门口正站立着一个拄着拐杖的老道姑。想必庵里也没有了口粮，只得出外游方了。

五爷本来心善，再望望道姑那张饿得浮肿的脸，就毫不犹豫地把碗中的窝头递给了道姑。

道姑接过窝头，放入口袋中。然后却将头上的一根银簪摘了下来，递给五爷。

五爷起初不要，因为五爷压根儿就没想索取回报，何况在困难时期，就是金簪都抵不上一个窝头。但那道姑却说："这是机缘，你务必留下。"

转眼，就到了八十年代。一天，五爷在地里做活儿，天气毒热，一口气没上来，竟昏死了过去。儿子将五爷背回家时，五爷早已没有了气息。

操办丧事吧。当时农村人死后，要在死人嘴里放入一段金簪或是银簪，这是讲究。没想到，多年前那道姑留下的银簪还真派上了用场。

五爷的尸首在床板上停了三天后，就要放入棺木，准备出殡了。可就在大伙儿准备抬起尸首时，五爷却微微地睁开了眼睛，接着伸动手臂，从嘴里拿出了那段银簪，然后，梦呓般地说："我还有十年的寿数。"

大伙儿惊吓一番，毕竟转为欣喜。

更为惊奇的是，五爷后来果真又整整活了十年，尔后，才无疾而终。

五叔的理由

1976年，我们唐山地区发生了大地震。那天，年少的五叔去了舅舅家，和小伙伴们捉迷藏。五叔藏到了一处老房子的墙角。刚藏好，大地就晃动起来，五叔被倒下的墙土压在了下面。

五叔吓得大喊大叫起来。叫着叫着，就听到隔壁有个女孩儿的声音："别叫了，现在不会有人发现我们，省省力气，等来人了再叫吧。"五叔稍稍安了心。

时间长了，五叔觉得很虚弱。这时，那个女孩儿又说："你往旁边摸摸，那儿有个热水瓶，你喝点水，保存保存体力。"五叔伸手摸去，果真摸到了热水瓶。

就这样，五叔支持了下来，直到解放军救出了他。等五叔被救出来时，他赶紧告诉解放军下面还有个女孩儿。解放军赶忙翻动废墟，可是怎么找，也没有找到那个女孩儿。

这时，旁边有村民过来，解放军问这房子里住着什么人。村民说："三年前，这家的小女儿得病去世了，大人心里难过，就搬到别处去了，这间老房子就给生产队当柴房了。"

解放军很诧异，但还是把废墟翻了个遍。当然，除了一个破旧的暖瓶，就再没翻到什么东西。

一晃眼，30多年过去了。2008年，汶川又发生了大地震。五叔义无反顾地去汶川当了志愿者。回来的时候，县里的记者来采访他，五叔便把30多年前发生的事讲了一遍。然后，五叔沉默了半晌，说了一句话："好鬼都救人，何况是俺们自己呢?”

当然，电视台最终也没有把五叔讲的这件事播出去。但采访时，我就在旁边，我相信五叔大概不会胡诌这么一件事。

一　刀

我堂姐家的小孩也就是我的小外甥，自打出生起，身体就不好。先是一生日多闹了一回肠套叠，然后三岁时又得了一回肺炎，五岁时还把后脚跟弄了一个缝了七针的大口子，至于感冒发烧，那就更是数不胜数了。

这些年来，我堂姐和我堂姐夫小心翼翼地拉扯着我的小外甥，也时常去一些术士那里瞧看一下。不管去哪个术士那里，人家都说我的小外甥不好拉扯，扎根儿晚。当然，那些术士具体说些什么话，我堂姐和我堂姐夫就不大愿意详细地透露了。

今年春节，我堂姐一家人回到我大妈家（也就是我堂姐的娘家）来拜年。我到我大妈家和我堂姐夫等人凑了一桌麻将局，就“码起长城”来。

我那小外甥生性顽皮，而且和他姥姥（也就是我大妈）特别亲近，娘儿俩就高高兴兴地戏耍起来。两个人你一拳我一脚地假装交起战来。我那小外甥愈加兴起，竟用被子将他姥姥的头按压起来。我大妈装作生气，轻吼一声，用双手轮动着，将被子轮开。就在被子即将掀开之际，我大妈一不小心，竟用手指甲将我小外甥的额头划开了一条嫩肉。这个口子还不浅，过了好半天，鲜血才充溢出来。

我大妈一惊，赶忙过去抱住我的小外甥，然后嘴里一个劲儿地叨咕自己该死。可是，我堂姐和我堂姐夫却显现出极大的涵养和大度，他们微笑着说，没事儿，没事儿了。

虽然我堂姐和我堂姐夫这样说着，但麻将局还是散了。在屋子里没有了外人的时候，我堂姐夫说，这个口子开得好啊。

我们不明就里，我堂姐夫接着告诉了我们一个秘密。原来，我堂姐夫寻访多个术士，他们都说我小外甥前生是个武将，命根子硬，那么合该此生身体柔弱，扎根儿不早。他们还说，我小外甥此生合该有一刀之债，那一刀就该应在额头上。过了这一刀，我小外甥就该生龙活虎了。

我们大家听我堂姐夫这样说，就朝我小外甥的额头看去。还别说，我大妈用手指甲滑出的口子，真的就像一条刀疤。

从那以后，我的小外甥果真康健起来，前几天，我有事去了我堂姐家一趟，发现我的小外甥壮实得就像农家院里的小牛犊。

力王

五哥下岗后，没有谋到别的出路，就到附近的米厂做了装卸工。

这天，米厂的另一位装卸工大刘生病没来，所以，这一天的活儿就全由五哥做了。奇怪的是，一天下来，五哥不但没觉得累，相反，却感觉做得很轻松。

五哥高高兴兴地回了家，把当天赚到的钱多数都交给了老婆。当然，五哥自己也偷偷地留下了一些多赚的，作为自己的私房钱。

过了两天，大刘病愈上班来了，五哥的活儿便要减下一半。五哥突然觉得自己多余的劲儿没处使了，浑身竟觉得不自在起来。也是，以前重重的米袋，如今扛在肩上怎么就那么轻松了呢？五哥就和厂长要求，自己单独做一个车间的。

几个月下来，五哥的钱没少赚，人也长得壮实了。乡亲们都很诧异，都没想到以前那个瘦瘦的小身板，现在竟会这么硬实。

转眼到了年关，米厂暂时歇业。五哥便和乡亲们在当街唠唠嗑，扯扯闲篇。一个同辈儿的兄弟取笑说："五哥，你这么厉害，是不是吃了大力丸了啊？"大伙儿都哈哈一笑，五哥只是嘿嘿着，并不做声。

等到大伙儿都散去了，年长的满堂爷悄悄地拉住了五哥。满堂爷对五哥说："你脸上有灵光哩，是有什么东西在帮你啊。"满堂爷这么一说，五哥满脸诧异。

满堂爷又问："最近你做了什么善事了啊？跟爷爷说说。"听满堂爷这么问，五哥支吾了半天，一再要求满堂爷保密后，才说："我不过是资助寡妇桂兰的娃子一些学费嘛。”满堂爷笑了笑：“这就对喽，桂兰的丈夫生前可是个大力王啊。我想，一定是他在给你助力呀。”

满堂爷走开后，五哥还愣在原地。五哥不知道满堂爷说的是不是真的，但他绝对相信一句话，那就是：善心有报。

心善天地宽

三年困难时期，粮食比金银都珍贵。母亲生下弟弟的时候，家里实在没有什么好吃的，父亲咬咬牙，将鸡架里那只瘦瘦的母鸡杀掉了。

父亲炖好了鸡，门外却响起了敲门声。父亲开们一看，是一个面色苍黄，浑身烟土的中年男人。男人眼泪汪汪地说："大哥，我媳妇刚刚也生了，她就想吃口鸡……"

父亲犹豫了一下，还是把刚刚炖好的母鸡切了一半，放进一个搪瓷碗里，递给了那个男人。

过了两天，父亲下地做活回来很晚。母亲在焦急之中，终于盼来了父亲。只见父亲的手里正提着一只肥硕的山鸡。父亲说，他在地里锄草，锄到地头的时候，发现了这只瘸腿的山鸡，就抓了回来。

没想到父亲的好运不只这一次，接下来，父亲又接二连三地提回了好几只山鸡。可惜，最后一次被队长看见了。队长不但抢走了山鸡，还威胁着要批判父亲。

父亲很沮丧，而家里的粮食也已经见底了。再过两天，家里终于断了顿。饿了一个晚上，父亲早早起来，打算到外面去寻点吃的。就在他推开前门的时候，他发现了以前送人的搪瓷碗，而搪瓷碗里正装着满满的高粱米。

父亲高高兴兴地做了饭，母亲说，一定是那个男人报恩来了。可是，晚上院门明明是插着的，他是怎么进来的呢？父亲决定弄个明白。

这天晚上，父亲一夜没睡，就躲在屋门后察看。到了凌晨，父亲发现，一只硕大的黄鼠狼带着几个小黄鼠狼，从墙头跳了过来，把口里含着的粮食依次放在搪瓷碗里。原来那个男人是黄仙！

以后的日子里，只要我们家里缺了粮食，那个搪瓷碗里就一定会满起来，直到困难时期度过。时至今日，每当有抱怨黄鼠狼“迷人”，父亲总是摇摇头说，只要行善积德，没有什么东西会为难你。

去瘤记

我有个堂弟叫赵成林，他是家里的独生子，从小体弱多病。我老婶就整天烧香拜佛，为他祈福。赵成林成年后，迎娶了外庄的吴翠花做老婆。生得粗壮，脾气秉性也粗枝大叶。无论是地里的农活还是家中的事物，吴翠花都料理得井井有条。唯一让我老婶不太满意的，就是吴翠花不信神佛，每当我老婶烧香拜佛的时候，吴翠花就偷笑着扭身而去。

这年夏天，小两口正在院子里修榜菜园，一只浑身雪白的刺猬不知什么时候出现在面前。我堂弟赵成林凑过去端详这只刺猬。看着看着，他竟伸出双手，一只手扶住刺猬，另一只手从刺猬身上捏拿着什么。吴翠花过去一看，发现这刺猬的身上长着几只圆鼓鼓的蜱虫，而赵成林在用手指用力地向下揪扯那蜱虫。

吴翠花有些恼怒，她觉得很不卫生，就止住我堂弟，然后拿过一把铁锨，把那只刺猬铲起来，抛到房前沟边的草丛里去了。

这时，我老婶刚好从屋里出来，问清了事情的原委。我老婶叹口气，摇摇头就回屋里去了。

十天后，我老婶去世，属于无疾而终。

办完了我老婶的丧事后，吴翠花在晚上睡觉翻身时，突然觉得一痛，仿佛身底下压了什么东西。她起身搜摸，却什么也没有。等她躺下时，又是一痛。吴翠花摸了摸隐痛之处，突然呆了：自己的身上不知什么时候竟长了个大硬块！

去医院检查，医生说是个纤维瘤。不过，通过做影像，医生有些不解地说："你身上原本有五个纤维瘤，不过，那四个在前段日子已经自行消解，仅留下一点痕迹。剩下的这个纤维瘤倒是顽固，只能手术了。”

手术痊愈后，吴翠花晚上做了个梦。在梦境中又出现了那只白刺猬，只见赵成林捏拿下四个蜱虫后，在还剩一个蜱虫没有拿下时，吴翠花硬生生地将刺猬铲走。

接着，在吴翠花的梦境中，我老婶缓缓走来。我老婶告诉吴翠花：那刺猬是白仙，是咱们的保家仙。如果当初赵成林将那刺猬身上的最后一个蜱虫拿下，那么吴翠花就不会生纤维瘤了。吴翠花不解地问我老婶：那刺猬跟我有什么关系？我老婶没有回答，就隐去了。

后来，在吴翠花仙灵附体，成了我们村里的“大仙”之后，她终于明白那只刺猬与自己有缘，她也终于明白神佛鬼魅之事并非虚言，而我的堂弟赵成林的身体，也终于在吴翠花义务为人显灵医病之后，慢慢康健起来。

金钗诫

大明宣德五年盛夏的一天，平原县没落贵族的子孙王恒与妻子吵了一架，便冲出屋子，直朝村东大柳树走去。要说这个王恒，也确实不够争气，他生性懒惰，不治家产，还十分嗜酒。这不，家中但凡值钱的东西都早已变卖干净，眼下只剩下几间破败屋子，沦落得连一般农民家庭都不如。王恒的妻子痛恨王恒的懒散作风，便时常与他争吵不休。

话说王恒出了屋子，本想奔向村东的大柳树下乘凉，但他伸手摸到衣兜里还有两文钱，就先跑到商铺里打了二斤酒，这才来到大柳树下的石板上，畅快地喝了一通。喝完了酒，王恒便倒在石板上打起呼噜来。王恒在睡梦中，发现老婆正在温柔地对他笑。王恒很是纳闷，顺着老婆的目光，他才发现自己的手中正捏着一只金钗。

王恒一高兴，便舒醒过来。王恒一醒来，就觉得有些丧气，因为他知道这一定是一个梦。不过，王恒试着用眼睛看了看自己的手掌处，竟真的躺着一只亮闪闪的金钗。王恒猛地坐起，把这只金钗攥在手中。

可是，就在王恒高兴之际，旁边走来一个神色慌张的老妇人。老妇人看见王恒，说自己刚才坐在石板上纳凉，离开后发现头上的金钗不见了，老妇人问王恒是否拾到了金钗。王恒当然不愿拱手交出金钗，可他见老妇人寻得急，就只好张开手掌把金钗交给她。

但王恒很不甘心，就向老妇人讨要恩赏。老妇人说："我孤苦伶仃，流落至此，现在已是身无分文。"王恒想了想说："那您不妨就住到我家，我可认您做长辈。"老妇人想了想，就点点头，随王恒回了家。

到了家里，王恒向老婆说自己认了个亲人。王恒的老婆仍在气头，听王恒这么一说，气就更加不打一处来。老妇人笑了笑，从头上拔下金钗，对王恒说：“你去当铺把这金钗当成银两，然后做个小买卖。”

王恒听从老妇人的话，就去当铺当了五十两银子，然后买了五十匹葛绸，雇了马车，向京都行去。老妇人亲自为王恒打点好行装，并嘱咐他：“路上要勤快，不要犯懒，宁可早到不能晚到。”

第一天，艳阳高照，可是走起路来，却是十分酷热。王恒上午走了小半天，出了一身臭汗，便暗自叫苦不迭。王恒就找了个客栈，休息了一下午。到了晚上，王恒心想，怎么敢走夜路，这便又住了下来。第二天上路后，偏偏又下起了小雨，道路泥泞不堪。王恒紧着脚步，又找了家客栈，歇息下来。过了一天，那绵绵细雨还是没有停的意思，王恒见到街上来往的行人满身雨水，心里害怕这样的辛苦，就又停留了一天。

终于雨过天晴，王恒想到自己已经耽搁了好几天，这才焦急地朝京城赶去。到了京城，听来往的客商说，前两天京城中的葛绸价格升到最高，因为前两天王府的贝勒爷急需南方的葛绸，葛绸价格就一下子暴涨，高过平时两倍。可是现在贝勒爷已经将葛绸买齐。而四处的客商听说葛绸价格高涨，便全都赶过来。结果葛绸堆积如山，现在的价格已是低得可怜。

王恒心里烦闷，后悔自己没有听从老妇人的嘱咐，可是他到底不甘心低价抛售，就在京都耗了几日。几天过去，价格愈加下跌，而且每天还要花费一大笔的吃住费用。王恒无奈，最终只好将葛绸全都抛售出去，最后一结算，亏了十几两银子。

王恒十分郁闷，就在客栈中喝了个酩酊大醉。第二天早上起来，王恒傻了眼。就在他收拾行李准备回家时，却发现包裹里的银子全部丢失。王恒失声痛哭，不过，幸亏衣兜里还有些碎银子。同住这间客栈的客商便劝慰他，不妨拿这些碎银子，却外面散散心，看能不能找到机遇。

王恒无奈地走到街上转悠。看见街边上有一堆斗鹌鹑的人，他们动辄就是几两的赌注。王恒想自己的家乡还没有斗鹌鹑的，那么他倒可以用剩下的碎银子，贩些鹌鹑回去。说不定自己也许会因此赚上一笔。王恒抱着孤注一掷的决心，将口袋里的钱都买了鹌鹑，就返回客栈，打算收拾行李返回家乡。

可是，王恒刚刚进了客栈，外面又下起了细雨。王恒想自己这次总不会那么倒霉了吧，就想还是等雨停了再走吧。可是，外面淅淅沥沥的小雨一连下了三天，王恒买来的那些鹌鹑竟一个接一个地死去，最后只剩下了一只。

雨过之后，王恒灰心到了极点，客栈店主考虑到王恒在自己的客栈丢了银子，而且王恒的处境如此艰危，就安慰他，向他保证不急着收取他的房钱。店主瞅了瞅王恒剩下的那只鹌鹑，就对王恒说："不如，你用这只鹌鹑去斗一斗吧，或许能够绝处逢生。"

王恒听了店主的话，心想也只好如此了，就提着这只鹌鹑去大街上赌斗。还别说，这只鹌鹑还真的所向披靡。一天下来，王恒已经赚到了五十两，已经把贩葛绸的本钱捞回来了。

第二天，王恒还没有起床，就听见窗外一片喧闹，原来是街面上有一个叫做焦二的混混，提着他的绿毛鹌鹑来找王恒赌斗来了。王恒赶忙起床。可是，王恒一看焦二的鹌鹑就有些泄了气，只见焦二的鹌鹑浑身滚圆，嘴角凌厉，一看就是个狠角色。

焦二要下五十两的赌注。王恒虽说胆怯，但也只好应战。王恒无奈地放出了自己的鹌鹑。只见两只鹌鹑静默在场中，对视了十来分钟。那焦二的绿鹌鹑先按耐不住，直扑向了王恒的鹌鹑。王恒的鹌鹑蓄力待发，等到那绿鹌鹑冲了过来，才猛地跃起，从空中俯下，乘势猛啄那绿鹌鹑。那绿鹌鹑也不是弱角色，只见它张开厉嘴，恨恨地叼住王恒鹌鹑的头首，再猛一拉扯，便拉下了一片翎毛。这时，王恒的鹌鹑终于恼怒，它嘶叫一声，便连番不停地向那绿鹌鹑猛力啄杀，那绿鹌鹑终于哀鸣着逃开了。

那焦二虽是泼皮，但在众目之下，也只好认赌服输，便输下五十两银子，愤愤离去。焦二离开后，客栈店主悄悄地拉住王恒说："我虽不才，但对鹌鹑也略懂一二，刚才听你那鹌鹑的叫声，似乎不是雄性。你还是收了行李，快些离开吧。"

听了店主的话，王恒低下头，想看一看自己那鹌鹑，可是当他俯下身子时，那只鹌鹑却不见了影踪。王恒觉得蹊跷，就赶忙谢过店主，再裹好银两，朝家乡赶去。回来的路上，王恒想到自己进城以来的连番遭遇，便不敢再懈怠，就马不停蹄地奔回了家里。

到了家里，王恒看见老婆正俯在床边，往那个老妇人的嘴里喂水。王恒走过去，把一百两银子放在柜子上，然后过去拜谢老妇人。可是，那老妇人却狠狠地哼了一声，说："你长了记性吧。"王恒听老妇人的言语，仿佛她知道自己在京城的所为，就羞愧地低下了头。

老妇人叹了口气，对王恒说：“你去当铺赎回那金钗，我有话对你们说。”

王恒听从老妇人的吩咐，便赶到当铺娶回了金钗。老妇人坐了起来，却显得很虚弱。王恒猛地发现，老妇人的头上缺了不少头发。

老妇人说：“没错，你的那只鹌鹑是我幻化的。我本是千年白狐，不过到底寿数将近。看见你如此的不成器，我怎么能放心的下。通过这次进京，你大概应该懂得，做什么事都要勤快，不能懒散，不能得过且过。”

说着，老妇人又拿起那只金钗，说：“我与你的祖父曾有过交往。你祖父死后，我再没出来过。这只金钗是你祖父送给我的信物，我一直带在身边，今天就交给你们，作为训诫吧。”

王恒接过金钗，与老婆面面相觑。他们早就听说过祖父与狐仙的传闻，没想到竟是真的。王恒与老婆一齐跪在老妇人身旁，重重地点头回应。等他们抬起头，那个老妇人已经不见了影踪。

从此以后，王恒变得勤快起来，不论是经营生意，还是耕田种地，王恒都是勤勤恳恳，踏踏实实。慢慢地，王恒的家中越来越富有，也算是家道得到了中兴。临终前，王恒在那个金钗上刻上了一个“勤”字，作为训诫，一代一代地传承下去。

茅山道士的救赎

1948年，解放战争到了最紧要的关头，国共双方此刻的军力势均力敌，谁能顶上一口气，谁就能占据上风。这年5月份的一天夜里，云彩山村的老保长赵迁和他的二儿子赵小明正在屋内密谋，要趁机逃离云彩山，去南方投靠在国民党军队里做旅长的大儿子赵小华。

但是，在去南方之前，赵迁和二儿子赵小明商量，想要去盗了云彩山顶的那个坟墓，一来或许可以收获盘缠，二来也是为了能在临走前解开一个谜。

赵小明不明就里，赵迁就给赵小明讲述了当年的一些旧事：

当年，日本鬼子进村后，曾想要在半山腰修一条公路，以便将附近各处的据点打通。鬼子逼迫全村老少出动，紧锣密鼓修建公路。可是，在修建公路的过程中，却是蹊跷不断。比如，先是晴朗朗的天，却毫无征兆地刮起让人害怕的大风，大伙儿都撤下山来时，却又变得万里无云晴空一片。再比如，原本很少塌方的山体，这时却接连不断地塌陷，而且，山顶上还会莫名其妙地滚下硕大的山石。

鬼子起初以为是有人在搞破坏，就派探子秘密查看。那天傍晚，探子隐蔽在草木后，竟真的发现有几个村民神色慌张地朝公路走来。探子心里暗喜，正要起身抓住现行时，却猛地发现，公路上侧风驰电掣般跑过一群灰色的野兔，这些野兔一边狂奔，一边蹬下很多山石。这些山石好像长了眼睛，竟朝探子飞来。探子狼狈地从草丛中跳起，可还是被山石打中了身体，探子恼怒地喝住那几个村民，村民连忙说："俺们是帮太君来赶工期的。"

此后，那些兔子的队伍不断壮大，它们又多次穿过修路现场，有时竟还会朝鬼子身上撞去。鬼子开枪射击，本以为打中了，可是到了跟前，却什么也没有。

鬼子气急败坏，就跑到云彩山的山顶，进了一座小庙。这座小庙是在一年前，由村民赵振业修建的。要说这个赵振业，年轻的时候名声可不太好，他不喜劳作，而且有些小偷小摸，今天东家丢一只鸡，明天西家丢一只鸭，最后一查对，肯定会在赵振业的茅草房里找到。到后来，赵振业竟然有些疯癫，整天胡言乱语，说些让人不懂的话。后来，赵振业离开了家乡，到外面去游方，据说是去修炼了什么茅山术。这赵振业一去就是五六年，直到一年前才回到家乡。到了家乡，赵振业家的茅草房早已坍塌，赵振业便不再修葺，而是到了云彩山顶，独自修建了一座小庙。鬼子初到时，曾到山上的小庙找过赵振业，赵振业说自己是清修之人，便回绝了鬼子。可是，修路过程中连番遭遇的蹊跷，却让鬼子觉得，一定与赵振业有关。

鬼子上了山顶，并不逼迫赵振业，而是笑着与赵振业讲着“东亚共荣”的谎话。赵振业听后，思索了一会儿，说：“如此说来，皇军的到来算是好事啊。那贫道不妨告诉皇军，这座山不是一般的山，这座山有气脉，破解的方法就是在山顶立一道符。”

鬼子为了赶工期，就催促赵振业赶快立符。赵振业说：“今天不便立符。”鬼子问为什么，赵振业说：“天机不可泄露。”鬼子恼怒了，便拔出腰刀，说：“你大概又想要什么把戏吧。”赵振业无奈，就说：“我今天可以立符，定好山脉，保证公路不再出事。但是，我不敢保证不出其它的差乱。”鬼子因为工期，已经被上峰批了几次，所以就顾不得许多，便紧急催促赵振业立符。

很快，赵振业用符笔蘸上米酒，画好了一道灵符，然后对鬼子头儿说：“这灵符须得太君亲自挂上山顶才可有效。”鬼子头儿便让一个鬼子兵去挂。赵振业说：“不行，士兵阳力不足。”鬼子头儿问这到底有何讲究，赵振业笑笑，依然说：“天机不可泄露。”这时，鬼子的副将就自告奋勇，接过灵符，挂在了山顶。

挂完灵符后，那位自告奋勇的鬼子副将，就遭了殃。只见这个鬼子副将好端端地突然两眼呆直，手舞足蹈，嘴里还不住地念叨：“北帝敕吾纸，书符打邪鬼。”

鬼子们都吓得目瞪口呆，便齐齐用枪指向赵振业。赵振业说：“我早说了，今天不宜画符。可是太君非要逼我。不过，太君如果杀了我，那么这灵符就毫无效果了。”

鬼子问旁边的村民：“今天是什么日子?”村民回答说：“今天是六月初二。”鬼子不明就里，十分气恼，却又忌惮赵振业的法术，更重要的是害怕延误工期，就只好压下怒火，而是要求赵振业随从鬼子，去做他们的术士。

也怪，自打挂上灵符后，鬼子修路便再无差乱。过些日子，鬼子修好了公路，就把大批武器运来，还在云彩山上的蝙蝠洞修建了严密的据点。从此以后，那个茅山道士赵振业就整天与鬼子形影不离，真正地成了一个大汉奸。

这段历史，赵小明也略知一二。只是他不明白现在父亲把它翻出来有何缘由。赵迁说：“当年，我是一村之长。鬼子上下云彩山找赵振业的经过，我都在场。关于‘六月初二’这个日子，我后来才搞清楚。原来，在‘茅山术’里，使用灵符是有几个忌日的，而‘六月初二’就是其中的一天。但我总是觉得，赵振业在六月初二画灵符，不可能只是巧合，而是他刻意安排的。我猜想，他是故意以此镇住鬼子，并得以进入鬼子的队伍的。”

赵小明愣了愣，问：“您怎么为汉奸说话啊?”

赵迁顿了顿，又给赵小明讲起了另外一件事：

1945 年 8 月，鬼子投降。当时，国共双方争抢胜利果实。由于云彩山山高地远，国民党的军队就没能及时到来，结果共产党抢了先机。在共产党到来的前一夜，茅山道士赵振业从蝙蝠洞潜逃出来，找到赵迁，痛心疾首地说：“我跟了鬼子好几年，怎么说都是汉奸，这次鬼子完蛋了，我恐怕也难逃一死。如果我真的死了，就请您把我埋到云彩山的小庙旁。”

第二天，共产党来到蝙蝠洞接受了鬼子的投降。可是，共产党并没有处死赵振业，而是放赵振业回了家。随后不久，国共双方就打起了内战。内战打起之后，赵振业的身体也很快衰颓下去。临死时，赵振业还是恳请赵迁把自己埋到云彩山顶，并长叹一声：“我一定要将功赎罪……”

赵小明听父亲讲完第二件往事，心里更加诧异了，就问父亲：“您讲的这些，与我们去挖赵振业的坟墓有什么关系? 您凭什么肯定赵振业的坟墓里有东西呢? 赵振业下葬的时候，带了些什么吗?”赵迁答道：“他下葬时虽然空无一物，但你要记住，他毕竟曾是一个茅山道士。而且，他说自己一定会将功赎罪，那么，所有的秘密一定都在坟墓里。”

赵小明听了父亲的分析，觉得似乎有些道理。但赵小明又有些害怕，就嗫嚅着说："我们敢去盗他的坟墓吗？他可是会法术的茅山道啊。"赵迁摆摆手，安慰赵小明说："不用怕，他不会害我。当年赵振业在临死时，还对我说，为表谢意，他会在我最紧要的关头，助我一臂之力。我觉得，现在就是最紧要的关头。"

赵小明终于放心，于是就在后半夜，拿了锹镐等工具，随父亲赵迁上了云彩山顶。

赵小明和父亲赵迁甩开了膀子，很快就将赵振业的的坟墓铲开。可是，直到赵振业的尸骨都露了出来，也没有发现什么财货。赵小明有些气馁了，就坐在一旁喘着粗气。这时，一阵旋风吹来，竟旋进了坟墓。这股旋风旋起了赵振业尸骨下的碎土，慢慢地，赵小明和赵迁发现，原来秘密都在尸骨下面！

赵小明和父亲一起跳到坟墓里，然后竟整整搬出了四个铁皮箱子。赵小明欣喜若狂，他打开箱子，发现里面全是金银财宝。

怎么办？这么多财宝，要靠赵迁和赵小明父子两个人，怎么也难以搬走。就在父子俩一筹莫展之际，赵小明发现坟墓旁边的草丛里，竟然卧着一匹白马！

赵小明牵过白马，然后将这四个铁皮箱子，两两结对，横搭在了白马的后背上。要说这匹白马，真是温顺，而且有力，这就驮着这么多的财宝向山下走去。

走到山脚下，赵迁决定不再回家，而是直接向村外快速行进，以便躲过村里共产党的岗哨。

可是，那匹原本温顺的白马这时却不再听话，而是挣脱了赵小明的牵引，撒起欢来，迅速向前方跑去。

赵小明父子俩赶忙在后面追。追着追着，他们发现白马跑向了共产党的驻地。赵小明父子惊诧之际，却又发现那匹白马竟燃起了一阵火光，然后就不见了。赵迁惊异地喊出声来："鬼马！"

就在这时，驻地的哨兵发现了赵小明父子俩。赵小明父子俩和哨兵一起来到火光处，发现那匹白马已经不见了，而地面上则端正地放置着那四个箱子财宝！

哨兵报告了驻地的负责人。负责人赶忙出来，看到是赵小明父子俩，就赶忙把他们请进了屋子，然后，负责人庄重地向他们行了一个军礼，接着告诉他们了一个出人意料的消息：刚刚接到组织上的通知，国民党旅长赵小华已经在今天夜里宣布起义！组织上特别要求要照顾好赵迁一家！

赵迁和赵小明都愣了。这时，负责人又说："眼下我们正缺少购置物资的经费，你们送来的这笔钱财，真是及时雨啊！"

从驻地回来，赵迁和赵小明拿着厚厚的一摞纸钱，又上了一次云彩山。他们跪在赵振业的坟墓旁，连连叩拜着。

一年后，赵小华回到家乡，与家人团聚。听了父亲和弟弟对于那次盗墓奇遇的讲述，赵小华凝重地说："那个茅山道的确是将功赎罪了，他到底选择了站在正义的一边。还有，他不但救赎了他自己，更救赎了我们一家人啊！"

松山灵兽

这是五爷讲的往事：

1944年6月，五爷所在的军团开赴到滇西松山脚下。松山是战略要地，它关系着整个中缅公路的畅通。眼下，日寇控制着松山，就等于切断了中缅公路，使得各种抗战物资无法通运，抗战军队调度也成了问题。因此，拿下松山迫在眉睫。可是，日寇在松山构筑了坚固的工事，特别是松山顶峰的堡垒群，更是殊难攻克。

军团付出了惨重的待价，总算摧毁了松山腰上的两个据点。这时候，士兵疲惫不堪，物资供应匮乏，士兵们不得不靠采野果、挖藤根糊口。而更坏的消息是，敌寇的援军已经向松山汇集而来。

当时，五爷任工兵连连长。要摧毁日寇的工事，必须靠深挖壕沟，一点一点靠近。攻克前两个据点，采用的就是这个基本方法。可是，松山顶峰，岩石壁立，坡度又大，挖制壕沟十分困难。加之此刻阴雨连绵，士兵真是叫苦不迭。

雨过天晴，士兵们的肚子空得嗷嗷叫。五爷便和几个弟兄出了坑道，去寻吃食。可是，这么多天了，山腰以下能采的野果，能挖的藤根，已经所剩无几。五爷和弟兄们找了半天，只挖到了几块儿手指长的藤根，大家懊恼不已。

正在这时，爆破手张会喜惊叫了一声："蜂房！"五爷和弟兄们看了看张会喜，很是诧异，因为，大家什么也没有发现。

张会喜指着刚刚向山上面飞去的几只蜜蜂，兴奋地说："你们看，这里有蜜蜂，就一定会有蜂房！"

大家的目光循着蜜蜂而去，果然，在山上三十米处的树梢上，挂着一个大大的蜂房。大家的嘴角顿时湿润起来。可是，上面三十米处，已经是敌人的火力范围，去摘取蜂房无疑要冒着生命危险。

“我去吧”，张会喜说，“我以前在家里养过蜂，晓得蜜蜂的习性。”说完，张会喜就弓着腰向上面潜去。

大家的心里都捏着一把汗。就在张会喜接近了蜂房的时候，松山顶上的堡垒里喷出了密集的火舌。张会喜被击中了胸膛！大家心痛不已，赶忙开枪还击。可是，由于太远，子弹全都落在了草丛里。张会喜倒了下去。不过，张会喜在倒下去的时候，用力摘下了蜂房，蜂房落到地上，滚落下来。

五爷含泪捡起了蜂房。回到坑道，弟兄们悲痛不已。大家每人分了一小口蜂蜜，提了提精神。这时，五爷接到了上峰的命令，三日之内必须把坑道挖到敌寇的碉堡之下。

工兵连开始奋力挖制坑道，大家都憋着一口气，都想着早点挖好坑道，好替牺牲的兄弟报仇。

忙活了大半天，大家筋疲力尽，便停下来休息一下。这时，不知从什么地方，出现了一老一少两个陌生人。只见这老人一身褐色布衫，满面愁容。那小孩儿呢，也是灰色衣衫，却是气喘吁吁。

大家十分警惕，以为这是日寇的探子，就都赶忙端起了枪。老人摆摆手，神色凄然地说：“大家不要误会，我们不是坏人。我们是山脚的山民，来山上找点吃的。”

五爷盯视着这位老人，倒也没有什么破绽。这时候，那个小孩儿急促地咳嗽起来，直憋得满面通红。

“长官啊，可怜可怜我们吧。我的小孙子饿了好几天了，快撑不住了。求长官给点吃的吧。”老人哀求道。

“给你们吃的，我们吃什么？给你们吃的，我们哪有力气挖坑道？”五爷手下的一位癞头兵说道。

“住嘴！救人要紧！”五爷呵斥道。接着，五爷吩咐着拿出那个剩了大半的蜂房，囫囵着递给了老人。

那老人倒不客气，他用力掰开蜂房，取出里面的蜂蜜，往他的孙子口中送去。很快，吃了蜂蜜的小孩儿气息平稳下来。老人自己也吃了一点蜂蜜，然后再把剩下的蜂房递给五爷。

休息了一会儿，大家又开始挖坑道。可是，挖着挖着，前面出现了坚硬的岩石。没办法，只好向侧向挖去。可是，不管是向左，还是向右，挖到的都是坚硬的岩石！

只好爆破了。可是，管打眼儿放药的爆破手张会喜刚刚牺牲，大家便只好胡乱爆破。可是，效果很不理想。

这时候，那个老人说了话："这样不行。岩石也是有纹脉层理的，打眼儿不能胡乱而为。这项任务交给我们爷孙吧。"

大家半信半疑。可是，事实胜过一切。这爷孙俩配合默契，打眼儿放药有条不紊，坑道不断向前推进。

整整三天，坑道终于靠近了松山顶上的堡垒。为了顺利地攻克堡垒，军团使用了盟军提供的新武器——火焰放射器。火焰放射器是摧毁堡垒较为有效的新式武器，是用化学药剂与汽油混合溶液压缩装在一个薄钢筒内，由射手背在肩上，用皮管连接喷射枪，打开喷枪按钮，溶液通过喷射枪管喷出枪口后，自行燃烧，成为一条火龙，射进敌堡垒内，引起堡垒内物体燃烧，弹药爆炸，人员窒息死亡。

可是，火焰放射器在松山顶的堡垒上并不能发挥预期效果。因为松山顶的堡垒除了地上部分，还有地下一层。在火焰放射器射入地上的堡垒后，敌寇全都逃到了地下。

没有办法，只能再向地下深挖坑道，一直深入到地下的那层碉堡以下，然后爆破，将堡垒送上天。这时，那一老一少两个山民却抽噎起来。五爷很是疑惑，向他们问询原因。他们却并不回答。

这时候，司令官接到上峰指示：日寇的援军很快就到，松山战役要速战速决。司令官让工兵连马上执行任务。

工兵连奋力挖制坑道，一直挖了有三丈之深。那一老一少爷孙两人，不发一语，只是神色凄然地打眼儿放药，令大家很是奇怪。

堡垒的四周都放上了炸药。司令官一声令下，只听"轰"的一声，堡垒被送上了天。

打扫战场的时候，五爷特意留心着那爷孙俩。五爷发现，那爷孙俩趁着大家不注意，竟快速地奔向那深深的坑道。五爷追摸过去，却不见了他们的踪影。

五爷正纳闷，突然，他发现了坑道通向底层堡垒处的一个孔洞。五爷靠了过去，竟听到了嘤嘤的哭泣声。五爷定睛一看，那爷孙俩正围着几具烧焦了的尸体哭泣。很明显，那不是人的尸体。五爷更加奇怪，正想上前去探问那爷孙俩，可就在这时，五爷见到了令他终生难忘的画面：只见那爷孙俩用力把头撞向岩石，然后，那爷孙俩在头部鲜血喷涌的同时，身形也发生了变化，他们竟然变成了两只穿山甲，俯倒在方才那几具烧焦了的尸体旁边！

惊魂未定之际，五爷逃离了现场。可是，走了不远，五爷又折返回去。五爷脱下了自己的军衣，把那十来具穿山甲尸体包裹起来。然后，深深地埋葬在坑道里。

这件往事，五爷在病重弥留之际再度提起。早前，五爷曾经因为此事，遭遇过批判。晚年的五爷神智有些不清，我不大敢确信他的叙述和解释。五爷说，那爷孙俩曾经给他托过梦。那松山顶本来是他们穿山甲的家，可是，日寇却用碉堡把他们铸在了里面。成了精的穿山甲能算出日寇来日无多，那爷孙俩本想待日寇败退之际，再将一家人救出来。可是，看到五爷慷慨施舍蜂房的善举，看到军团将要遭遇敌援的危难，他们只好无奈地牺牲了自己的一家，换来松山的及早收复。

是的，我还是无法确信五爷叙说的往事。但每当想到日寇的残暴，我真的愿意相信，但凡有灵有性的生命，都无法容忍日寇的暴行，都会义无反顾地与日寇决一死战！在当今的和平年代，我们更希望日本人能够正视历史，直面未来，不要再让悲剧重演！

崖碗鼋精

我老家的山村名叫燕耳崖。这里的山峰是陡峭，土地贫瘠。不过，既然祖先选择了这里，那么整个燕耳崖的赵姓子孙们倒也能靠着山上的梯田，辛勤劳作，安居乐业。我们村前的那条小河，可不安分。每年夏天，汛期来临，河水时常悄无声息地暴涨起来。涨水时，水势汹涌浩荡，直扑向燕耳山，颇有不将燕耳山吞噬就不肯罢休之势。所以燕耳崖的人们全都住在山腰之上。

下面说一下崖碗。崖碗并不是碗，而是一个水塘。燕耳山的山石由高而低直到山脚下。山脚处连着白滑滑的沙滩。我们村前的那条小河，在平常时候，是并不能接近燕耳崖的山脚的。那条小河与燕耳崖的山脚之间有着几十米宽的沙滩。平时，那条小河在沙滩的南面悄悄地流淌，只有到了汛期，小河才忽然咆哮起来，淹没了沙滩，直冲向燕耳山。那么，崖碗到底是什么呢？崖碗其实是环着燕耳崖山脚的，衔接着沙滩，却远离小河的一个幽深的水塘。这个水塘，看不到水的源泉。但是，塘水却经年充盈，里面游动着数不清的鱼虾。

关于这个崖碗，没有人能说得清它的奥秘。它是一个并不太大的水塘，它平日里看不到源泉，可崖碗的塘水却永不干涸呢；还有，每年夏天的汛期，南面的蛟河卷着泥沙汹涌而来，淹没了崖碗。可是，洪水退去后，崖碗却并未被泥沙填埋，而是依然保持着原有的大小，原有的模样。

这也是我一直以来的困惑。小时候，听老人们说，崖碗里居住着一个千年鼋精。可是，当我打算详细打听时，他们又都摇摇头，也并未有人能说得清楚。

一九九五年的春天，我们村里的人们不再上山耕种。因为，根据政府的规划，要在我们县临近长城的关口建一个水库。那么，我们这里的很多山民都要迁移到异土他乡。

所谓穷家难舍，故土难离。知道搬迁消息后，我们整个村子都陷入了深深的悲痛之中。那时，政府人员常驻到我们村子，挨家挨户地给我们做思想工作，告诉我们应该支持国家建设。渐渐地，山村的人们也便理解了国家和政府的难处，便都开始筹划着准备在汛期来临之前搬离家园。

那时候，我阿爸是我们村庄里赵姓子孙的族长。我阿爸在那一段时间里，明显颓唐。表面上，他要大力支持搬迁动员，但内心里，他其实是不愿离开故土的。而且，当时他还要时刻提防着一件事情。当然，时隔多年，我才知道了当中的因由。

还是先说说一九九五年春天发生的一件蹊跷事。我前面说过了，我阿爸那时候十分忙碌，这是自然的。那时候，因为筹备着搬家，我们这里家家户户便都改善起了伙食，除了大口嚼食往年留下的腊肉外，大伙还把正在饲养的牲畜也都逐次宰杀食用。在春寒已过的一段日子里，我阿爸的行为十分反常。每天中午吃完饭，我阿爸手里都要端拿着一碗肉食出去，说是送给政府的工作组。起先，我们都相信，但慢慢地我们就起了疑心，便在阿爸后面跟踪起来。我们随着阿爸的脚步来到了山脚下的崖碗旁。我们看见我阿爸把从家里拿来肉食庄重地抛向崖碗的水塘里。

我走过去，吓了我阿爸一跳。我问阿爸："你在干什么？"我阿爸愣了愣，然后拍拍我的头说："以后我会告诉你。"

来我们村的工作组人员有很多。他们既有我们这里的县乡干部，还有安置地的领导干部。这些干部包村包户。当然，如果遇到不好动员的"钉子户"，他们也会随时增派人手。

一天中午，我阿爸要陪着工作组的干部吃饭，就把去崖碗投抛肉食的任务交给了我。我提着肉食走向崖碗时，看见一个陌生人正在捆绑炸药。说实话，以前我是不认识炸药的。但是因为准备搬迁的缘故，我们这里的山麓上已经开始炸山修路。所以，我一眼就看明白了这个陌生人在摆弄炸药。

我知道炸药的危险，就赶忙躲到一块山石后。我看见那个陌生人划着了火柴，点燃了炸药的引线。在他把炸药抛向崖碗的一瞬间，引线提前燃尽。只听"轰"地一声巨响，半空中火光四射，只听见一声吓人的嚎叫，我看见那个陌生人的手臂被炸飞了。我吓得闭了眼。不过，当我睁开眼时，我又看见崖碗里炸起了两丈高的水花。大概是那个陌生人捆绑的炸药在空中没有炸完，而有一部分落到水塘里才炸响了。

我两耳轰鸣，眼睛也迷蒙不清起来。就在这时，我看见崖碗的水塘里凌空跃起一个淋漓着鲜血的大鼋鳖，而此时原本在岸上的那个陌生人不知何时不见了踪影，取而代之的是一条黑乎乎的长着爪手的大蛇。大蛇的一只爪臂已经不翼而飞，断臂处亦是血流滴沥。水塘中，鼋鳖和黑蛇互相击打起来。

我几乎吓破了胆，便转过身，三步并作两步向家中跑去。到了家里，我语无伦次。好在我阿爸大致明白了我看到了什么，就拉着我又跑到了崖碗上。我们在前面跑，后面也便跟来了越来越多的人群。可是，到了崖碗上，除了看到崖石上的一滩黑血和水塘里浮起十几条翻着肚皮的鱼，我们什么也没有看见。原先汹涌的水塘早已恢复平静。我阿爸说："没事了。肯定是谁偷了炸药来崖碗炸鱼。"

春天在一点一点过去，天气越来越热了。工作组还在苦口婆心地做着动员。其实，我们大家也很着急，因为汛期很快就要来了。我阿爸还是会在每天中午去崖碗看看，不过他不再提拿肉食。而我们村里的所有人，都和我阿爸一样，慢慢地发现，崖碗里的水在一天一天地减少，直至干涸。等到崖碗干涸时，我们看见，崖碗其实更像是一方深井，足有数丈之深。

一九九五年的夏汛到来之前，我们全村搬离了燕耳崖。到了安置地，我们全村人被分成了若干个小组，然后被分配到不同的村庄。我们知道，我们的燕耳崖已经不复存在了。

多年后，我上了大学，走上工作岗位，越来越倾向于做个无神论者。可是，不管怎样努力，想起当年崖碗上的情景，我还是心有余悸。我总在想，莫非当年我是中了暑气？可是，那时还没到酷暑啊！亦或是某日我曾做了个梦，便把梦境当成了现实？可是，我的阿爸却肯定地告诉我，那不是梦。

我阿爸终于肯将当年的往事向我解析清楚，是在前不久。前些天，我的一位大学同学来到我家，找我叙旧。他拿来了一只鼋鳖，打算作为下酒菜。我阿爸看见后，突然神情大变，竟夺过鼋鳖，抛入了我家后面的芦苇塘。

我阿爸的举动使得我的同学很尴尬。我向同学解释说我阿爸上了年岁后，神智有些不清。等到我的同学走后，我责怪起阿爸来。我阿爸说："好吧。今天我就把一切都告诉你。”

我阿爸告诉我：几百年前，一个书生赴京赶考，为了节省时日，他循着燕耳山的近路赶来。到了蛟河边的沙滩上，他看见一只巨大的翻着背的鼋鳖在烈日下苦苦挣扎，眼看就要失去性命。书生动了善心，赶忙将鼋鳖扶正过来，并从自己的背上摘下水壶，把仅有的一点壶水全都倾向那只鼋鳖。就在这时，蛟河里的水突然澎湃起来，向着书生冲刷过来。书生赶忙向燕耳山上跑去。跑着跑着，书生昏厥过去。

待到醒来时，书生发现自己躺在一个茅草屋中，一个老者和一个年轻女子正坐在他的身边。老者说，他是这里的山神，女子是他的女儿。老者说，他愿意把女儿嫁给书生。书生想要拒绝。老者说，这是天意。

书生挣扎起来，看到燕耳山脚下汹涌起来，原本细弱的小河此刻正卯足了劲向燕耳山冲来。书生离不开燕耳山了！接下来，老者告诉书生，前面的蛟河里有一条恶龙，他打算逼迫山神将女儿嫁给他。幸好，恶龙现在的道行还未修成。眼下，只要山神将女儿下嫁出去，恶龙的算盘就会落空。

书生叹了口气，看看眼前可怜兮兮的女子，又想想自己孤儿之身，便答应山神，迎娶了山神之女。至此开始，赵姓书生与山神之女便在燕耳崖繁衍生息，成了燕耳崖赵姓子孙的鼻祖。

可是，蛟河里的恶龙岂肯善罢甘休。他每年都要积蓄好力量，专等夏汛之时席卷燕儿山，打算将所有的赵姓子孙全都消灭殆尽。不过，那条恶龙的阴谋一直没有得逞。因为，不知从何时起，燕耳山的脚下出现了一个崖碗。这个崖碗里端住着书生救护过的那个千年鼋鳖。每当恶龙前来兴风作浪的时候，鼋鳖便紧紧守住燕耳山的门户，让那个恶龙无可奈何。

赵姓书生去世前，将往事告诉大儿子，并叮嘱大儿子，关于燕耳崖的赵姓族谱旧事，一代只能传知一人，以避免不必要的惊慌。

接下来，我阿爸又对我说：“一九九五年，你看到的情形是真的。一定是那条恶龙，看到我们赵姓子孙将要举家迁走，他再无作恶的机会，就按捺不住，于是在汛期之前幻化成人，偷了炸药想要先行除去鼋鳖，然后再兴风作浪，一举淹没燕耳山。我猜想，当年那条恶龙和守护我们的鼋鳖一定同归于尽了。因为，只有鼋鳖死去，崖碗才会干涸啊。”

我阿爸讲到这里时，开始咳嗽起来。我劝他不要再讲了。我阿爸最近的身体越来越差，我怀疑他的神智也似乎不清起来。我怀疑我阿爸以上的讲述是在编制瞎话。但我看到我阿爸庄重的深情，我又不得不相信他是认真的。

我推开后门，来到屋后的芦苇塘前。我看见芦苇塘在冒着气泡。我又想起了我的大学同学拿来的那只鼋鳖。不知道为什么，我竟双手合什，对着芦苇塘叩拜起来……

金鸡之谜

五爷年轻的时候，很勤快，每天早上天刚蒙蒙亮就起来，背着粪筐去拾粪。一天清晨，五爷拾粪经过一片坟地，远远地听到一群鸡叫的声音。五爷寻声走了过去，原来在坟包旁边有一只老母鸡领着一群小鸡在觅食。五爷想，这谁家的鸡呀，也起这么大早，比我还勤快呢。

第二天，五爷起来拾粪，又经过这片坟地。在相同的地方，又听到了母鸡的叫声，又看到了母鸡领着小鸡们在欢快地觅食。这种情形随后又接连地出现了几天。五爷心想，这没准是谁家走失的鸡，也就是野的家鸡了。五爷心想要是能把这些鸡捉回家去，也是笔不小的收获呢。

这一天，五爷特地又起了个更大的早，并从家里带来了捉鸡的工具，一片破鱼网。五爷早早地来到了坟地边，其实这时天色还很漆黑。五爷便卷起一只旱烟，一明一暗地抽了起来。等了好半天，五爷才又听到了母鸡“咯咯咯”的叫声，便奔着声音跑了过去。可能是五爷跑动的声音太大，母鸡好像察觉了五爷的心思，竟“咯咯咯”地带着小鸡向坟场中间跑去。五爷就奋力追赶，快追上时，迅速地张开那片破网扑了上去。五爷扑倒在地，也不知道有没有扑到鸡群，只见那母鸡好像怒极，飞将起来，就势落下，在五爷手上狠狠地叨了一口。五爷感到一阵钻心的疼痛，便松开了网口。这时母鸡趁机又带着小鸡们迅速地向坟场中间跑去。五爷此时气极，操起粪铲就向鸡群扔了过去。可是鸡群在粪铲落地的时候竟然全部瞬间消失了踪影。

五爷气得上气不接下气，气恨自己连几个鸡都捉不住，真是到嘴的肥肉又给飞跑了。要知道在上世纪40年代中国农民的贫苦，这几只鸡真算是一笔不小的财富呢。五爷气的瘫坐在地上一大会儿，才过去拣自己的粪铲。可在拣起粪铲的同时，五爷意外地发现地上有一块黄澄澄的东西。五爷俯身用手拿了起来，仔细辨认，原来是一个小金属块儿。五爷心想，这是什么东西呢？不过总会值些钱吧。五爷这才消了气，心想总算没有白折腾，便高高兴兴地回了家。

回家后，五爷便把东西拿了出来，交给妻子看。五奶也高兴起来，用手掂掂还挺重，说这没准是个铜块呢，一定会卖几个钱的。五奶叫五爷把这东西再拿到老满堂那里去，让老满堂瞧瞧。老满堂是当时村里的明白人，上过学，做过买卖，见过世面。论辈份五爷还得管他叫二叔。五爷到了老满堂家，说，二叔啊，我拣了个东西，你给看看，值不值几个钱？老满堂带上老花镜，接了过来，仔细端详了半天，说，这多半是个铜块，或是个镀铜的铁块，能卖几个钱，但估计值不了大钱。老满堂把东西塞到五爷手里，又说，这样吧，正好明天我有事要到口外去。你先把东西拿回家去，明天一早你再带上东西来，和我一块儿到外面看看价钱。五爷想了想，忙说，东西就放您这儿吧，麻烦您帮我带去看看就行了，能卖几个钱您就看着给卖了吧。老满堂说，那怎么行呢。五爷说，我还不相信您吗？就全仰仗您了。

过了两天，老满堂从口外回来，直奔五爷家里。老满堂兴奋地说，五啊，你拣的这东西还真是块儿好铜呢，我帮你把它卖给了铸造局了，还真卖了十几吊钱呢。说着从口袋里和盘地摸出钱，塞给了五爷。五爷和五奶高兴得屁颠屁颠的非要留老满堂吃饭不可。

当天晚上，五爷做了个梦，五爷又梦见自己拿着网子去捉那群鸡。梦境和前些天捉鸡时是一样的。当五爷张开网扑下去时，那母鸡又暴怒地跳了起来，又狠狠地在五爷的手上叨了一口。五爷顿时从梦中醒来，伸了伸手，手上竟真的钻心的痛了起来。五爷点了灯，坐了起来，看见手上上次被母鸡啄伤的伤口已经化了脓，怪不得这样痛呢。

接下来的几天，五爷的手愈加疼痛，并且开始溃烂，越来越严重，丝毫没有好的迹象。五爷只好出了口外去治病，吃药，打针。奇怪的是，当五爷在口外把卖铜块的钱花的一干二净时，手病竟也登时好的一干二净了。

话说两头，就在五爷为了手病懊恼的时候，老满堂却在大张旗鼓地办大事。老满堂把东西南北几庄的地买下了大半儿，自己作起了地主爷。并且还在口外开了几处大买卖。

以后五爷就在老满堂手下做他的佃户了。虽然论起来算是本家，可农村庄小，论起来还都有瓜葛呢，你总不能叫地主爷把田都白白地分给大家吧。五爷也就只好心安理得地做他二叔家的佃户，直到共产党来，直到土改。

土地改革，老满堂理所当然地被定为地主，土地被分了，还得整天地受批斗。而五爷由于一穷二白也就理所当然地被定为根正苗红的贫农。五爷也就理所当然地要狠狠地批斗老满堂。可是五爷心软，每次批斗时他都不下手，别人下手时他还尽力护着一点，有时五爷甚至还偷偷地给老满堂送饭送水。

但老满堂毕竟年老体衰了，在一次批斗结束时，他已经感觉到自己大限已到。五爷背着老满堂回家，老满堂在临终时吐露了一个莫大的天机。老满堂断断续续地说，五啊，这都是报应啊，当年你拣到的“铜”块儿其实是“金”块儿啊。卖了好大一笔钱啊，被我侵吞了呀……

五爷百感交集，对老满堂，恨！恨之入骨！那得是多大的一笔钱啊！可是冥冥之中又该感谢老满堂，如果当初老满堂不侵吞那笔钱，那么如今挨批斗的一定就是自己！

只是五爷怎么也想不明白，当年怎么就会在光天化日之下拣到那么一大块儿金子？自己的手病怎么就非要在那十几块儿大洋都花干净时治好？老满堂怎么在侵吞钱财之后就非要在今天遭受厄运？五爷的脑海里不禁又浮现出当年的情景，都是因为那几只鸡啊！可是五爷又想不明白了，那几只鸡跑哪里去了？为什么自己在用粪铲砸鸡后就会捡到金块？难道这世上真的有金鸡？真是不解之迷。

燕崖灵物

燕崖是一个穷僻的小山村。那里土地贫瘠、人烟稀少，三十余户人家零零落落地扎根在半山腰上。上世纪三年困难时期，燕崖陷入了空前的饥荒状态，村子里不少人出现了浮肿，年迈体衰的老人渐次去世。更可怕的是，有不少人身上开始出现水痘、生花，一场瘟疫似乎要悄然来临。

那时候，白善民二十岁出头，单身一人，负责看护村里的山林。燕崖的山有“开山”和“封山”的区别。“开山”是阳坡，除了开垦的梯田，还剩下一部分山体，这部分山体上生长的东西，老百姓可以砍伐或采摘。“封山”则是一大片保护得比较完好的阴坡，树木植被茂盛，是不允许随便动用的。白善民看护的就是这片阴坡。

这天晚上，白善民躺在石棚子里准备入睡，可是不争气的肚子咕咕直叫，令他怎么也难以进入梦乡。白善民只好起来，打开手电筒，到外面转悠，寻找吃食。老实说，困难时期，阳坡上能够入口吃的，比如树叶、藤蔓甚至草根之类，全都被采摘挖掘得差不多了。而阴坡的“封山”，虽然不允许砍伐挖掘，但却有可供采拿的蘑菇之类。前两天，生产队的队长带领一些骨干村民到阴坡采摘了一番，让村民们喝了几顿鲜美的蘑菇汤。队长再三嘱咐白善民一定要看好山林，不能让外人混进“封山”，但是队长特批白善民饥饿的时候可以寻找几个蘑菇充饥。于是，白善民饿得实在抵不过了，就出来采蘑菇。

可是，由于刚刚被扫荡式地采摘过，白善民找了半天，只找到了两个小松蘑。白善民回到石棚子里，生火煮了起来。不一会儿，石棚子里就飘起了馋人的蘑菇香。

正当白善民想要喝汤充饥的时候，一抬头，竟发现石棚门口站立着一个满头白发的老太太。白善民浑身一修，这么晚了，山上怎么会出现这么一个人？

白善民故作镇定地问："你，你是干什么的？"

老太太微笑着说："大侄子，老身是口里人士，逃荒到此，借一口饭吃。"

白善民平时本来胆子挺大，但他此刻心里却十分害怕，因为他确定自己一定是遇到不干净的东西了。白善民颤抖着手再拿出一只碗，把锅里的另一只蘑菇盛起来，端着递给老太太。

老太太很快就吃完了。吃完后，老太太说："我不会白吃你的东西的。"说完，老太太就出了门，一眨眼就不见了。

一夜未眠。第二天一早，白善民飞快地下山跑回家。到了家里，白善民发现大哥大嫂都在母亲的屋子里。原本，前些日子母亲的身上出了水痘，一直高烧不止。可是眼下，母亲却满面红光，精气十足，嘴里还念念有词。

白善民赶忙问哥嫂们怎么回事。哥嫂告诉白善民："今天早上，一个白发老太来了咱家，帮母亲治了病，然后还传给了母亲一套医诊术，要母亲帮村民们治病。"

白善民向母亲的身边看去，果真存放着几只亮晶晶的钢针。就在白善民诧异之际，院门口突然走进了几个人。白善民定睛一看，原来是生产队长带着两个抱着孩子的村民来了。为了避免被队长看见自己擅离职守，白善民赶忙藏到幔子后面。刚藏好，白善民就听见队长说："石大妈，这两个孩子都得了水痘，烧得厉害，赤脚医生也没有办法。他们的父母都说昨晚做了个梦，梦见你能治这病。所以，我就带他们到你这里来了。"

白善民的母亲轻咳了两声，说："我试试吧。"说完，就点上油灯，把钢针放到油灯上烧了稍许，然后轻轻地向那两个小孩儿的身上扎去。只扎了几下，白善民的母亲就说："好了。"

藏在幔子后的白善民正在惊异母亲的举动，可接下来发生的一幕就更加让他惊异了：只见那两个小孩儿被扎针后，就站到地上活泼地走动起来。

白善民不敢相信眼前发生的一切，可他又不得不信。等到生产队长走后，白善民告别家人，赶忙回到"封山"上去看护山林。还好，白善民到了石棚子里，并没有再遇见那个老太太，不然，白善民非得吓破胆不可。

接下来的日子里，白善民的母亲仿若有神灵附体，不但她自己的身体康健起来，她还医治好了村里的所有人。一直到三年困难时期结束，村里竟没有再死一个人。

时光飞逝，一转眼，四十年的光阴过去了，白善民已经变成了小老头，白善民的儿子白小光也已经结了婚、生了子。

结婚以后，白小光和妻子马淑珍一直在城里打工，每年春节的时候回一次家。

可是，去年夏天的时候，白小光夫妇却提前回了家。原来，几天前，马淑珍突然浑身无力，晕倒在工地上。白小光带着马淑珍去医院检查，检查结果竟然是白血病！要治疗，除了找到匹配的骨髓，还要十万块钱。虽说白小光这些年在外面挣了些钱，但十万块毕竟还是天文数字。

白善民用求救的目光看着自己的母亲。白善民的母亲今年已经八十岁了，仍然精神矍铄，还时常给村里人医治一些疑难杂症。白善民的母亲上前摸了摸孙媳马淑珍的额头，脸上露出无奈的神色。

白善民心痛不已，晚上就喝了不少酒，迷迷糊糊地睡了过去。睡梦中，白善民又见到了当年在“封山”上出现的老太太。白善民哭泣着说：“您老慈悲，就再帮帮我们吧。”老太太点点头，说：“我与你们白家有缘，我当然要帮助你们。”白善民心里一阵高兴，就踏实地睡着了。

第二天早上醒来的时候，白善民看见儿子白小光正在自己的屋里站着。而白小光脚下的脸盆里，竟然放着一团白色的肉乎乎的东西。

白善民惊坐起来，问：“这是怎么回事?”

白小光关上屋门，向父亲讲述了昨天晚上发生的事：

原来，这次白小光回来就是要给妻子马淑珍治病的。本来，他寄希望于自己的奶奶，可是奶奶似乎也无能为力。白小光只好想办法筹钱，然后去城里的医院给妻子治病。白小光想到了镇上的信用社。白天，白小光就踩好了点儿，他打算从信用社的后窗户进入（信用社的后面是一片小麦田）。晚上十一点钟的时候，白小光来到了信用社的后面。可是，原本平坦的麦田前竟然出现了一条亮晃晃的小河！白小光气躁不已，俯倒在地。就在这时，白小光发现身旁有一团白色的肉乎乎的东西。白小光回过神来，忽然想到前些天在城里看电视时看到的一则新闻。新闻里说一个人捡到了一个叫“太岁”的东西，卖了十万块。白小光想，这不会也是“太岁”吧。白小光高兴地捧起这团东西，回到家里。

当天，白善民和白小光父子俩端着这团东西进了城，他们来到市里的农业大学，一位大学的教授告诉他们，这可能真的是“太岁”。教授当即开出“十万块”的价钱，并当场兑现。

白善民父子恍如在梦境里。接下来一切顺利，短短一个月之内，马淑珍就找到了匹配的骨髓，顺利地做了骨髓移植手术，并迅速地康复起来。

一切都平静下来了。而白善民的母亲也恢复了常态，她不再有行医治病的本领，也不再絮絮叨叨地说些让人不解的话。不过，待到马淑珍出院回到家里的时候，白善民的母亲平静地告诉了大家一件往事，又让人觉得她是在说呓语。白善民的母亲告诉大家：当年，白善民的父亲是位石匠，负责给村里开凿灌溉渠。有一天，白善民的父亲惊慌地回家，说自己“冒犯了太岁”。原来，当天白善民的父亲用斧头砍伤了一团肉乎乎的东西，石匠们以为这是白菌菇，想炖汤喝。白善民的父亲走南闯北，颇有见识，他知道这是灵物“太岁”，就打着诳语说，这是“毒魅”，让大伙刚快离开。白善民的父亲说，自己先是砍伤了“太岁”，然后又出言不逊，怎么说都是一桩罪过。后来，白善民的父亲一直为此事耿耿于怀，直到去世。

听了母亲的话，白善民恍然大悟。他终于明白，当年“封山”上出现的老太太一定就是那“太岁”的化身；而母亲的医诊之术，也是“太岁”的灵气附体；如今，“太岁”又舍身而出，救了马淑珍。看来，那“太岁”非但没有怪罪白善民的父亲，相反，却在一直暗暗帮助着白家。

后来，一个偶然的机会，白善民听一位游方的术士说，但凡灵物，修炼到一定程度，都要“出蛟”（即离开原生之地，实现灵气的飞升）。白善民父亲的那一斧头，恰恰是帮了“太岁”一个忙。

今年春天，燕崖要换届选举了。老干部都已老迈，而年轻人都愿意到外面打工，没有谁愿意守着穷村操心费力。但是，白小光却毅然留了下来，参加了村里的选举。当选村主任后，白小光拿出了自己两万元的积蓄，买了果树苗，和村民们一起栽到了山上。白小光说，果树成材后，都算大家的。

白善民很是欣慰，他知道，自己一家人与“太岁”的缘分必将一代一代地传承下去。他还知道，传承下去的不仅仅是缘分，更是人世间最宝贵的东西——善念。

第四辑

EPISODE 4

暖暖笑吧

如果你是我老婆

和老婆结婚十多年了，如今儿子都上初中一年级了，李维觉得自己与老婆之间越来越缺少激情了。

李维晚上便常常在网上泡着。李维在聊天室邂逅了一个叫香玉的女子。两人聊得很是起劲儿，大有相见恨晚之意。

聊了几天，越来越熟，情绪也越来越热，李维便说些不着边际的话。香玉说：你别胡说了，小心你老婆打你。李维便说：我愿意被你打，如果你是我老婆。香玉回了一句：切！

李维其实知道，网上聊天不过就是胡说八道罢了，但他发觉自己竟然有点爱上了那个香玉了。李维莫名地咧嘴笑了笑。

聊天的时候，李维还爱听刘德华的《爱你一万年》。下了线，李维拿起笔，信笔写到：如果你是我老婆，我要爱你一万年！

出了书房，李维回到卧室，老婆早已鼾声一片。李维叹了口气，蒙被睡下。

第二天上班回来，李维又来到书房。忽然，他想起了自己在白纸上写下的那句话。坏了！一定被老婆看见了！这下，自己可真得被老婆打了。

怎么办呢？解释未必能管用，还是将功补过吧。李维主动上了街，买了酸菜和鱼，回家鼓捣起来。

饭桌上，老婆温情脉脉地看着李维。李维心里直发毛。老婆夹了一口酸菜鱼，说："老维啊，你怎么还那么肉麻呀。"李维一愣，老婆随即拿出了一张纸。李维接过一看，正是自己昨天晚上写字的那张纸。不过，李维仔细一看，心里就坦然了。不知那张纸被谁撕掉了"如果"那部分，所以剩下的就是：你是我老婆，我要爱你一万年！

晚上，李维又上了线，却发现那个香玉正和别人聊得火热。李维退出了聊天室，看了会赵本山和范伟的小品《卖拐》。看完后，李维去了儿子房间，想要查看一下儿子的功课。

儿子正在做一张修改病句的卷子。李维问："儿子，要不要老爸辅导？"儿子回了一句："切！就你啊？你还滥用关联词呢，还能辅导我？早上我正好想擤鼻子，顺便就帮你把病句修改了。"

李维一听，愣在原地。半晌，他拍了一下脑门，模仿了范伟的一句："谢谢啊！"

招聘的秘密

赵伟是农村人，和妻子结婚后，开了个电子摄像的小照相馆，可农村照相的人少，根本不赚钱。正在这时，城里的朋友打来电话，说现在干直销很赚钱，赵伟就带上家里的几千块钱入了行，可惜没干多久，就连窝被工商局给端了。原来直销直销，到头来还是传销。

灰头土脸地回了家，妻子和赵伟吵了一架。许是吵架吓着了小儿子，小儿子竟然发起高烧来，而且持续不退。送到医院检查，也没检查出什么大病，就回了家。可过些日子，小儿子又会烧起来。哎，都怪自己无能，害老婆孩子受罪，赵伟心里自责不已。在家里呆了几天，赵伟还是决定出门打工去。

听说市里正在扩建，赚钱挺容易。赵伟就进了城，想要碰碰运气。但赵伟还不想直接就去干苦力，所以就先去了人才市场。赵伟也学着别人的样，到主考官面前去应聘。可应聘了半天，自己都失败了。也怪自己，当初认为上学无用，只上了初中就辍学了，和人家大学生当然不是一个档次。

赵伟丧气极了。就从人才市场向外走。走到临门口，还有一家应聘的。赵伟心想，再撞个大运吧，就凑过去坐了下来。

招聘的主考官，戴着眼镜，文质彬彬。“学历?”主考官问赵伟。“初中毕业”，赵伟实话实说。

“哪里人?”“农村的。”主考官注视了赵伟一番，又检查了赵伟的身份证，然后对赵伟说：“恭喜你，你被录用了。”

赵伟楞在原地，没想到自己的招聘会这么简单。应聘后，赵伟就坐着他的车去了一家大酒店。

在酒店吃饭的过程中，赵伟得知，主考官姓吴，是一家制药公司的老板。

招聘赵伟，是要给赵伟一个分厂经理的职位。

看着赵伟傻愣愣的眼神，吴老板笑容可掬地告诉赵伟，他们之所以选中赵伟，是因为他们看中赵伟的忠厚朴实。

接着，他们和赵伟签订了合同。随后，就带着赵伟去了建在市郊的分公司的厂房。厂房里的工人正在热火朝天地劳作呢。

吴老板带赵伟进入了办公室。办公室的环境很是不错，各种证件也蛮齐全的。营业执照上的吴老板也是笑容可掬。

吴老板伸手摘下了营业执照，告诉赵伟，他现在主要精力是去开发新产品，所以这个小厂就全权交付给赵伟了。

真没想到，几天前还是泥腿子的赵伟，突然就做上了经理，真是飞来横福。赵伟用办公室的电话给老婆打了个电话，告诉她找到了一份好工作了。老婆在电话里不免夸赞了赵伟一番，然后却警示赵伟，别再被人给骗了。

老婆这么一说，再加上自己上次传销被骗的经历，赵伟还真的警觉起来。赵伟就到厂房监看工人们的工作，但一切都有条不紊地进行着，看起来都挺正规的。

而且小厂生产的产品很是热销，每天都有车辆开进开出。赵伟就更加庆幸自己的幸运，所以也就很尽职尽责地做着监工的工作。

很快，赵伟任小厂的经理已经一个月了。吴老板回来视察，很满意赵伟的工作，顺便给赵伟开了工资。当老板把六千元的现款交到赵伟手上时，赵伟都怀疑自己是在做梦。

拿到工资，赵伟突然觉得想老婆孩子了。其实，说白了，赵伟是想到老婆面前炫耀炫耀。于是，赵伟就跟老板请假，想要回家两天。但吴老板拍拍赵伟的肩膀，说现在生产正是紧张的时候，容不得出差错。

看来，老板是委婉地回绝赵伟了。不过，这样赵伟反倒更加佩服老板。男人嘛，当然要以事业为重。

赵伟正想静下神来，安心工作。可是，过了两天，老婆打来电话，说儿子最近很不精神，还总发烧，让赵伟赶快回家看看。赵伟没来得及跟老板请假，连夜就打车回家了。

到家一看，哎哟，老婆还真没骗赵伟，儿子真的脸色蜡黄，高烧不退呢。赵伟们赶紧送儿子去医院检查。

医院检查半天，还是没有结果，看来，是疑难杂症。赵伟傻了，怎么办啊。不过，赵伟知道，疑难杂症要彻底治好，得不少钱呢。赵伟想给吴老板打个电话，请他先为赵伟筹一笔钱。

但是，电话不能现在打，因为吴老板如果知道赵伟擅离职守那还了得。何况，就是借钱也得去见老板啊，赵伟就安顿好老婆孩子，又回了制药厂。

到了工厂，赵伟赶忙用办公室的电话联系吴老板，可却怎么也打不通。正在赵伟一筹莫展之际，屋里突然来了几个大檐帽。

不由分说，赵伟就被带到了警察局。警察说，你们这个药厂生产的药品全是假冒伪劣，对人体极有伤害，现在很多儿童因为吃了你们的药都中毒了。

赵伟猛然想起，儿子因为体质弱，一直在吃“助长灵”，莫非就是自己这里生产的假药？赵伟傻了，焦急地对警察说：“我们也是受害者！”

接着，赵伟把自己应聘的经历告诉了警察。警察终于相信了赵伟，却叹息到：“只可惜，幕后的真凶是谁，我们还不得而知啊。”

听着警察叹息，赵伟忽然豁然开朗。“我有他们的照片！”赵伟兴奋地说。不错，赵伟干过摄像，所以也有了职业病，当初，赵伟趁老板他们不在意的时候，用自己那破摄像机给他们留了影！

警察用赵伟提供的照片发了通缉令，然后先放赵伟回家照顾老婆孩子去了。赵伟四处筹钱，终于治好了儿子的病。

这天，赵伟接到警察局的电话。原来老板他们被抓住了，法院要赵伟去作证人。

到了法庭上，老板耷拉着脑袋，对所犯罪行供认不讳。赵伟忽然来了气，怒问老板为什么非要骗赵伟这样一个农村人？

老板的回答让赵伟一楞：“因为你的文化低，什么也不懂。”

赵伟顿时语塞，狠狠地抽了自己一个巴掌。

遭遇“伤心雨”

刚刚失恋，伤心之余，我就在网上泡着，期待能够邂逅一段温馨的网恋。

功夫不负有心人，在同城聊天室里，我终于和一位名叫“伤心雨”的女子聊得颇为投机。“伤心雨”说自己刚刚和男友分了手，自己对男人很没有安全感。我向她打包票：我会给你一双坚实的臂膀。

聊着聊着，我和“伤心雨”的感情一天天地发展起来了。终于，某一天，我们在公园见了面。见面时，我们竟然颇有一见钟情之感。

临别，我和“伤心雨”约好了下次见面的时间和地点。那就是，周末晚上，还在老梧桐树下的这条藤椅上见面。

熬了几天，终于盼到了周末。这天晚上，我早早来到了公园，直奔藤椅。可是，藤椅上已经坐上了一对看起来正在热恋的男女。我的心里很是懊恼。

这时，路边走过来一个小男孩。我的眼前忽然一亮，就将他叫了过来。我先是塞给小男孩五元钱，然后教给了他一番话。随后，小男孩向藤椅上的那对男女走去。

果真奏效，藤椅上的女子先站起身走了，随后那个男子也追了过去。

我高兴地走了过去。刚到藤椅边上，“伤心雨”就来了。我俩轻轻坐下，和风细雨地叙谈心曲。

可是，没想到正当我们相谈甚欢时，那个小男孩又走了过来。我心里预感不好，就赶忙说道：“小朋友，到一边去玩。”

没等我说完，那个小男孩就对我说：“哥哥，我终于找到你了，嫂子让你赶快回家呢！”

小男孩的话说完，我楞了。这不是我刚才教他说的那两句话吗？等我明白过来时，“伤心雨”已经站起身，冷冷地看我老半天了。

我刚想解释，“伤心雨”已经迈步离去。我追了十几步，回头一看，原先的那对恋人正坐在藤椅上，指着我哈哈地坏笑呢！

我真想过去，和那对恋人好好分争分争，可转念一想，不对啊，是我先捉弄人家的呀。哎！俗话说，以彼之道还治彼身，没想到要了一次小聪明，我就被别人给治了。

现在我是哑巴吃黄连，有苦说不出。没办法，我赶忙向我的“伤心雨”追去。经过我好一番解释，“伤心雨”才擦了擦眼角，算是原谅我了。

离开公园，我俩向前走去。走着走着，就来到了广场上。广场上可真热闹。好多人正在跳街舞呢。我问“伤心雨”：要不要去活动活动？“伤心雨”点了点头，算是答应了。

我和“伤心雨”就下了舞池，随着音乐蹦跶起来。慢慢地，“伤心雨”的怒气完全消失，面孔上泛起了红晕。

我正要拉住“伤心雨”的手时，我腰间的手机却响了起来。我一边拿出手机，一边在心里暗暗骂道：又是哪个烦人的东西来捣乱啊！

可是一看手机号，竟是大哥的。我的心里就明白了。

是这么回事：前些日子，身在农村的大哥打电话来说，老妈的风湿病犯了。大哥说他在电视上看广告，说有一种新药特有效，而且在我上班的县城里就有卖的。接完大哥的电话，我就去了广场旁的大药房，买了几盒药，然后从邮局给老妈寄去了。

这次，大哥来电话，是让我再给老妈买些药。大哥说上次我邮回的药可真是灵丹妙药，老妈吃了两盒那风湿就好得差不多了。大哥怕我记错了，在挂电话前还大声地强调了两回药名。

挂完电话，我才明白，我又犯了个大错。由于广场嘈杂，刚才接通电话时，我按了免提健。这样，大哥那憨厚的嗓音就“一览无余”了。

怎么说是犯了大错呢？因为我挂完电话后，发现旁边有几个人正愣愣地看着我呢！其中一个毛头小子，直愣愣地地甩了一句：“哥们，换个招数好不好，太老套了，药托！”

我的天，在广场上接个电话，一不小心我竟成了托，冤哪！在众人的哄笑之中，我的头都要炸了。

我正想和这小子分争，“伤心雨”的脸色又铁青起来。她冷冷地看了看我，甩开步子就走开了。

我又连忙赶上去，向她解释。可她铁青的脸，却始终再没有红润过来。她说她现在不想听我解释，她说她想自己先冷静冷静。

就这样，在无尽的挫败感中，我回了自己的住处。回到住处，我就给“伤心雨”打电话，可她说什么也不接。我又打开电脑，上了线，却也没有发现她的踪影。没办法，我就给她 QQ 留言，给她手机发短信，再次向她解释。

起初，无论我怎么解释，她都不给我回复。在我终于精疲力竭的时候，“伤心雨”才发过来一条信息：大哥，你的骗术太厉害了。跟你说实话吧，咱们是同行啊。可小妹我还没出招，大哥您就用了两计。小妹我遇到高手，甘拜下风，拜拜吧您哪！

我的天哪，我的网恋竟然是如此收场！“伤心雨”啊“伤心雨”，你可真让我“伤心太平洋”啊！

都是名片惹的祸

小时候，我特别羡慕有名片的人。一见面，把名片一递，那动作怎么看怎么帅。如今我也梦想成真，成了有“片”一族。忘了说了，我刚刚买了一辆崭新的桑塔纳轿车，跑出租当的哥呢。开车上路的前一天，我去了一趟打印店，印制了整整三大盒漂亮的名片。

一切准备就绪后，我把车开到了十字路口旁的出租车停靠站。不一会儿，就过来一位老兄。我问他去哪里，他说去八十里外的顾家营看医生。他一说完，我就生气了：从这里到顾家营明明有九十多里，他怎么说是八十里呢？这不是看我是新手就忽悠我吗？都说有奸商，看来也有“奸客”啊！

不过，我没有声张。正因为咱是新手，所以服务态度要好，这样才能拉揽住客户。我说了一声“好嘞”，就起步上了路。在路上，我热情地和这位老兄扯东到西地闲聊，询问了他的“贵姓”，还恰到好处地选了个时机把自己早就准备好的名片递了过去。

到了顾家营那位医生家里，这位姓刘的老兄进去看病，我就在外面等着。等了半个小时，这位仁兄终于满面春风地走了出来。

“看好了吧，刘哥？”我几近谄媚地为他拉开了车门。这位老兄一边上车，一边点头：“不错，不错，不愧是神医。”

见他兴致不错，我就又和他闲聊起来。原来，这位神医是市里大医院的专家。每逢周末就来顾家营接诊疑难杂症。当然，关于这位刘哥有啥疑难杂症，我是不便打探了。

结算出租费的时候，我照他说的里程还少算了他五块钱。这让他显得非常高兴。他掏钱的时候，忽然说：“你这小兄弟可交，下回打车还找你。请给我张名片吧。”

看他把名片小心翼翼地在衣兜里放好，我在心里却骂道：老家伙，你就装吧！你可真是抠到家了，一张名片的便宜你也占！

说来奇怪了，许是这位神医的医术当真了得，接下来的日子里，不断有人打车去顾家营找这位神医看病。当然，我的拉揽顾客的工作做得也是一丝不苟。我的名片已经撒出去了大半盒。

从这些顾客口中，我慢慢得知，这位神医有自配的针剂，打一针就药到病除了。这使我有点痛恨这位神医了：我本来想拉揽点儿回头客，让你这么一弄，岂不白费我的苦心了！

正在我忿忿不平之际，起先打我车的那位刘兄终于给我打来了电话：“兄弟，再拉哥去一趟。”

我心里高兴，嘴上却说：“刘哥，怎么还去啊？”

“呵，巩固，巩固。”这位刘兄诡异地笑笑。

等到他再次出来的时候，他突然直愣愣地瞅着我，瞅得我只发毛。我心里疑惑，怎么了？没想到，这位刘兄竟用手拍了拍我的肩膀，哈哈哈地大笑了一通。

我正想问他缘由，他却说：“昨天晚上没睡好，我睡一觉啊。”说完，就把头靠在坐垫上，眯上了眼睛。联想到这人的小抠劲儿和他这神经兮兮的言语，我紧紧地闭上了自己的嘴巴。

接下来的日子里，以前去过的那些人，陆陆续续地给我打电话，又都去了神医那里一两次。而更让我惊奇的是，他们出来时的神情都大同小异，竟都不怀好意地看着我。其中，有一位哥们甚至说：“别装了，兄弟。同是天涯沦落人哪！”

鉴于这些人怪异的举止，以后他们再联系我时，我有时就委婉地推脱了。当然，推脱的原因有心理上的忌惮，也因为我的客户渐渐多了起来。

这样过了些日子，突然有一天，我的手机险些被打爆。那些以前去神医那里看过病的人，竟又都大同小异地打电话质问我：“你他妈的和那个狗屁神医是什么关系?!”

我说：“没任何关系！”

“装吧。你他妈的就是托！”电话那边又吼叫起来。

终于，我心烦难耐，就关闭了手机。我想亲自去神医那里看一看，到底是怎么回事。

我风驰电掣地来到了顾家营的神医驻地。可是，和我以前所看到的熙熙攘攘的景象不同，这里已经是萧索寂静了——这个小诊所被贴上封条查封了！这是怎么回事呢？我带着满心的疑问开车回家。到了胡同口，我看见一辆警车正停在了我家的大门口。

我满心狐疑地走过去，看到老婆正在旁边抹眼泪。我刚想问老婆怎么了，没想到，老婆看到我后，竟狠狠地给我甩过来一记耳光！

我一下字就懵了。这时，警察又问我："你到底去'神医'那里看过病没有？要说实话！"

我晃了晃发懵的脑袋，说："没，没看过。"

警察说："那你就真的可能是'托'了。请你跟我们走一趟吧。"到了警察局，我终于明白了事情的真相：原来，那个神医是个江湖骗子。他的所谓祖传针剂，完全是对人体有极大害处的化学药品。被"神医"打过针的人无一例外地出现了不良反应，甚至有的已经出现了生命危险！

我说："这'神医'真是可恨。可是和我有什么关系呢？都是他们主动打我的车，又不是我主动像他们推荐'神医'的，怎么能说我是'托'呢？"

"是这样的。你说你没找'神医'看过病，可你怎么送给了'神医'一条锦旗呢？"警察同志一边说着，一边从旁边拿起一面锦旗。

我满怀狐疑地定睛一看，只见锦旗上写着"旷世神医，药到病除"八个大字，大字的左下角还写着"司机李大鹏致谢"几个小字。

我的天哪，这是谁在害我呀？我什么时候给"神医"送过锦旗呀！我一口咬定，我没送过锦旗，我连这个狗屁"神医"的面都没见过！

既然问不出了所以然，警察就把我放了。但却勒令我说："你眼下不能外出，要随时准备听候传唤。"

到了家里，老婆依然脸色铁青。我问老婆："你干嘛打我呀？"老婆恶狠狠地说："你知道那'神医'治什么病吗？他专治男科病！说，你背着我干过什么，竟去那里丢人显眼，还给人家送什么锦旗！"

我说我没看过病，也没送过锦旗。老婆说："那你就是丢人的'托'！"哎！老婆怎么竟也和"刘哥"那样的人一个腔调呢。我可真是哑巴吃黄连，有苦说不出啊！

好在警察破案神速。没过三天，传来捷报，警察已经将那个狗屁“神医”捉拿归案了。经过审讯，锦旗的悬疑终于解开：原来，某天，“神医”在诊所的屋子里，捡拾起了一张名片。他就心生一计，何不自己自制一面锦旗，既可以取得那些来看病的人的信任，又可以在出事时转移视线，给自己留出逃遁周璇的余地。

那么，是谁把我的名片丢在了“神医”的屋子里呢？我想了半天，终于想出来了，一定是那个“刘哥”！是他向我要了第二张名片来着！

找个倒霉蛋

新车买了没出两个月，偏偏就摊上了倒霉事儿。这不，到洗车场洗完车后，我就发现爱车的前脸上有了几个米粒大的“麻子”。我原想跟洗车的美眉大发雷霆，可人家轻声细语地告诉我，你这“麻子”是被别人“溅”到的。

美眉一说，我更生气了，怎么我还成了“麻子”了呢？不过，咱毕竟是一大老爷儿们，要懂得怜香惜玉，更何况洗车美眉毕竟给咱提供了线索嘛。线索是找到了，可到底是谁给咱“溅”到的呢？我的大脑一转，就想明白了。我们这里正在修建一个大型港口，整天有“大三友”牌载重车从外环通过。前些日子，我从外环线走过几次，也曾感觉到那些大车后斗上时有细石滑下，可就是没想到那些小细石会有这么大的威力。

得，咱的爱车不能白受委屈，咱得去“缉拿”凶手，虽说真凶指定是找不到了，但咱也得找个冤大头，出出这口气。

这天下午，我开着爱车来到了外环线。我沿着外环缓缓地滑行，眼睛却在寻找那些向外飞洒细石的载重车。

等了老半天，目标终于出现。一辆“大三友”呼啸而来，从我的右手边穿过。还真不是我冤枉它，它的后斗洒下的细石正真真切切地甩到了我爱车的前脸儿上。不管威力大小，反正事实俱在。我打开警示灯，狂鸣着喇叭，火速超到它的前面，然后蛇行了一段，就将车停在了马路中央。我下了车，冲到它的面前。它里面的司机赶忙下来，谦恭地问我怎么了。我把他领到我的爱车前头，让他察看那几个“麻子”。这个司机师傅倒还老实，便和我讲起价来。我从修车厂打听到喷漆要三百元，就张口管他要三百。他就和我磨叽，非要砍下一点价不可。我叹口气，心里想着，还是怪自己没经验，知道他砍价，要四百不就得了。

最后，他给了我两百块。我也不想再和他磨叽，就放他走了。可是，修车的钱还不够啊。我下定决心，一不做二不休，干脆再盯住一辆算了。

可是，就在我打算对第二个冤大头下手时，我的大脑里突然闪过一个念头：这个外环线不会有监控摄像头吧？咱不会被电子警察看了去吧？

说曹操曹操就到。电子警察看没看见我还没弄明白，却听到后面由远而近响起了警笛声。坏了，说不定是前面那位冤大头报了警了！

说时迟那时快，我急中生智，猛地一打方向盘，就蹿进了旁边的一个乡村的下道。到了下道，我惊魂未定，车速没有减慢下来，又疾驰了几里路。就在这时，意外发生了：旁边胡同里突然蹿出了一只大黄狗。而这大黄狗不偏不正，刚好撞到我的爱车的前脸儿上！只听“咚”的一声，大黄狗飞出了两米远，同时，我也“嘎”地停住了车。

我下了车，发现爱车的前脸凹进了一个大坑，而那可怜的黄狗已经殒命。就在我悲痛之际，我看见胡同里有两个凶神恶煞模样的人向我走来。完了，看来这两位一定是狗的主人了。没等这两位开口，我赶忙掏出口袋里的二百块钱，我颤抖着说，大哥，小弟今天就装了这两百块，对不起了。

这两位对视了一下，笑了笑，便接过我的钱，还拍了拍我的肩膀，说，没事儿，没事儿。你老弟压压惊，把车挪一挪，我们还要出来呢。

我定睛一看，咱可不是挡了道了。我把车往后一退，胡同里一辆白色越野车蹿了出来。刚才那两位拾起地上那条死狗，塞进了满当当的后备箱，然后上车离开了。

那辆车子刚一离开，我就明白自己上当了。因为那辆车的后备箱里还有好几条死狗！那么刚才那两位肯定不是狗的主人了！就在这时，胡同里跑出了不少人。这些人有的拿着棒子，有的拿着铁锨，一窝蜂地冲上马路。

这些人把我的车子围住，恶狠狠地对我说，把你的后备箱打开！

我的天哪，难不成我遇到抢劫的了？虽然我的后备箱里没有现金，可是还存放着准备给领导送礼的几条香烟，这也值几百块呢。我命令自己冷静下来，一边向这伙人陪着笑脸，一边思忖着对策。

就在这千钧一发之际，救星来了。原本让我惊慌失措的警车来到了我的身旁。我跑到警察跟前，说这伙人要打劫。

什么？俺们打你的劫？你这个偷狗贼！一个长者愤怒地说。

偷狗贼？我也懵了。我怎么突然成了偷狗贼呢？掰扯了半天，我终于弄明白了。原来，村里的小孩儿发现有人在村里偷狗，就回去叫来大人。大人们一边报了警，一边操拿棍棒追了出来，追到马路上，刚好发现我正泊车在这里。

没有办法，我只好当着警察的面打开了后备箱。证明清白后，我告诉大家，真正的偷狗贼，已经逃之夭夭啦，他们还骗走了我的两百块呢！

警察问我是否记住了那辆车的车牌号。我稍一回想，就报出了一个号牌。不是我的记性好，而是因为那两百块不能就这么白白地丢了。

可是，万一那车牌号是假的呢？我问。

那你知道那车往哪个方向跑了吗？警察反问我。

去了外环路了。我说。

那就好办了，外环路上安着监控呢。我们这就报告总台布置堵截。警察说。

临登上警车，警察又对我说了一句，你的车子也受了损失，就跟我们回警局一趟吧。一来做个证人，二来也好让那偷狗贼包赔你的损失。

我说，算了，我家里还有急事呢。我还是先回家吧。

警察走后，我另外寻了一条小路回家。列位看官可能问我为什么不去警察局找回“损失”，那我告诉您，您没听警察说外环路上有监控吗，咱怕他监控到咱追堵“冤大头”的那一段啊！不过，咱也暗自庆幸，追堵一次大概不算“碰瓷儿”吧。哎，谁知道呢！

兼职真是不好做

服装厂效益不好，我和老婆双双买断下岗。下岗后，我们就去找老婆的妹妹我的小姨子探寻出路。小姨子叹口气，谁让你们不早下岗呢。也是，小姨子原来也在服装厂上班，可她早看出在服装厂上班挣死前没出路，就在几年前下海做起了布料批发生意，现在，自己已经当上了女老板。叹气归叹气，小姨子总要为姐夫想办法。小姨子就给我们出了主意。我呢，在服装厂时就是开车的，所以小姨子让我还干老本行，去出租公司开车。老婆呢，做服装的手艺不能白丢，就在我们住的小区弄个活动房，开起了裁缝店。

老婆开的裁缝店所用的布料都是小姨子那里的，基本上就是按进价算，有时一些零碎布料干脆就不要钱。所以，老婆的裁缝店虽然小，但效益也还可观。我开出租车，那就是轻车熟路，来钱也不比上班差。我从心里对小姨子非常感激，于是，在开出租车的时候，我就知恩图报地给小姨子当起了宣传员。还别说，我见缝插针的介绍还真为小姨子促成了几大笔生意呢。小姨子也很高兴，就封了我一个“兼职司机”的称号。

这天早上，我从小姨子那里给老婆拉来了一些布料，送到了老婆的裁缝店。然后，我开车从小区缓缓出来。到了小区的门口，我看见了一个穿着西装革履，后手背拿皮包的中年男人。我开车靠了过去。

那人上车后，说：“找一家裁缝店。”我一激灵，哇，生意又来了。我便问：“大哥是做布料生意的吧?”那人看了我一眼，嘴里说着：“啊，是，是。”

我马上又开始了宣传攻势。我说：“那可巧了。大哥。你我虽然素昧平生，但也算是有缘，我就给您介绍一家质美价廉的布料行吧。”

见那人没有反对。我便拿出手机，拨通了小姨子的电话，告诉她有一个大老板想要去她那里看看布料。

挂了电话，那人突然问我："到布行还有多远?"我说："快了。"那人突然想起什么似的，说："你还是先把我送回去吧。我有些东西忘了带了。"

我问："回哪里啊?"那人说："哦，就是刚出来的那个小区。"没办法，顾客至上，还是让小姨子多等会儿吧。我就拉着那人又回到了他刚上车的地方。

下了车，我本想等着那人，那人看了我一眼，让我先走了。哎，到嘴的鸭子飞跑了。不过，也可以，他这来回来去两趟路，毕竟让我赚到了十块钱的出租费。

这时，小姨子打来电话。我沮丧地说，没戏了。小姨子笑笑说："没事。我是告诉你，我这里又有了一些下脚料，你要不要拿去?"我看了看表，快中午了。也好，就拉来下脚料，然后回家吃饭。

五分钟后，我把车停在了自家的楼下，抱着下脚料走到了老婆的裁缝店外。正要进屋，我看见老婆的裁缝店里正坐着一个人。我仔细一看，咦?这不是那人吗?

我正思忖着要不要进去时，那人已经夹着皮包出来了。等那人走开后，我问老婆："刚才那人来跟你谈布料生意吗?"老婆瞪了我一眼："谈什么生意呀?他的裤子开线啦!"我一愣，可不是，那人在上车前一直把皮包背在后面，原来是为了挡住尴尬呀!

我不由自由地笑了好半天。止住了笑，我和老婆回家吃午饭。到了家里，老妈已经把饭做好了。吃饭的时候，老妈说："今天可吓死我了，有个人梆梆梆地敲门。我打开门，那人吞吐半天，说自己遇到了尴尬事。说是自己下公交车的时候，裤子扒开了。想跟我借针线，缝一缝。我可没相信他，这年头坏人多。我没让他进来，就让他去你媳妇那裁缝店了。哎，幸亏你们开了个裁缝店，要不，我还真不知道该怎么打发他呢。"

我看了看老婆，又哈哈大笑起来，直把刚放进嘴里的米饭喷出了两米远。等我止住了笑，老婆正色道："你就笑吧。乐极生悲，指不定你就遇要到尴尬事了。再说，你这'兼职司机'也是看准了再下手嘛!"

也是怪我，怎么不经过准确判断就胡乱行动呢。嗯，该打。吃过午饭，我又钻进了出租车，开始了下午的工作。下午五点钟，我接到了出租公司的呼叫。说是，今天到公司验完车后要开会。

到了会场，里面已经黑压压地坐满了人。听了一会儿，我终于明白了。原来是从今天开始，我们出租公司换老总了。随后老总讲话。老总说了些套话后，咳嗽了两声，然后严肃地说："下面，我严肃地谈谈我们出租车司机的作风问题。"

我一听到"作风问题"，心里又不由自由地笑了笑。老总接着说："有些司机的作风很不规范。突出的一点，废话太多。你开车的开好车是你的本职，而有的司机竟然在开车时与乘客聊天，更有甚者，竟还充当了什么广告员，推销员，业务员！这种陋习一定要整治！"

说完，老总把话筒往桌面上重重一摔。这一摔，摔得我是心惊肉跳。因为老总的讲话怎么听都像是在说我。因为是后进会场的，所以我呆在最后一排看不清老总的面孔，我就向旁边的一位老哥借了副眼睛。戴上眼睛，我就傻了。台上的老总竟然就是上我出租车的那位！

接着，老总说："散会后，我们还要找些司机同志座谈座谈。"

我的妈呀，还要座谈？急中生智，我突然想到：三十六计，走为上计。我拔腿就往外跑，却听一位老哥高声叫喊道："别跑，我的眼镜！"

“驾校”帮我抓“劫匪”

考完驾照后，我买了一辆五菱荣光，一边磨合车，一边跑起了出租业务。

这天，活儿不错，送完了客人，我正要回家跟老婆交账领赏，路边一个彪形大汉却向我挥手拦车。虽说回家心切，但谁会跟钱过不去呢，我便迅速停车，热情地请他上来。

上车后，我问他去哪儿，他挠挠头说：“我忘了那个村名儿叫啥了，你往前开就是了。”

这时，太阳眼看落山了。我一边开车，一边窥视着这大汉。真是不看不要紧，一看吓一跳：这大汉面相凶猛，胳膊上还纹了青龙白虎。不过，正所谓急中生智，我一手揉着太阳穴，另一只把着方向盘的手开始摆动，车身便也随着左右摇摆起来。

大汉很不满：“嘿，嘿！你会不会开车?!”我赶忙说：“大哥，对不起，我是新手。这不，累了一天，我还有点头晕。要不，你替我开会儿?”

大汉一愣，说：“好吧！”

太好了，我就等着这句话呢。我从驾驶座上下来，把大汉换了上来。大汉双手紧握方向盘，催我快上车。我用力把副驾驶旁边的车门“啪”地关上。不过，我却没有上车，而是猫着腰跑到了路边。

这大汉果真来者不善。这不，我刚把车门关上，大汉就起步飞奔而去。

虽说安全了，可我心疼啊，这可是我新买的车啊。不过，天无绝人之路。就在这时，救星到了。我小舅子开着“双排座”，“嘎”地一声停在了我身边：“干啥呢，姐夫?”

我拉开车门，上了车，说：“快，快追上前面那辆车，我的车被人抢了！”

小舅子一边让我打电话报警，一边开车追了上去。我小舅子行伍出身，身手不错，我心里就有了底。臭小子，等我追上你，非抽死你不可！

前面的大汉把车开得贼“冲”，我的心又疼了。臭小子，这可是新车啊！就在我们紧追不舍之际，那大汉突然放慢了车速，看样子他大概发现了我们。他想要调头往回开！这小子可真够精！这窄马路，小舅子的双排座调头可不容易！

不过，苍天保佑。这小子调头时，没调利索，竟生生地把车尾撞到了边墙上！

我和小舅子迅速下车。小舅子一手拿着大扳手，一手把那大汉从车里拉了下来。

那大汉一下来就蔫了，连连讨饶。我上前给了他一拳：“臭小子！敢抢老子的车！”

这时，警察也到了。那大汉却对我说：“大哥，我真没抢你车。咱不是说好了，我替你开会儿车嘛。”

“胡说！你替我开车，怎么一个人开车跑了？”我问。

“我也不知道你咋没上来。我听见车门子关上了，还以为你上来了呢。这不，刚才我才发现你没上来，正想回去找你呢。”大汉说。

我当然不信他的鬼话。这时，大汉瞄上了一个警察，说：“哟，表哥！幸好你来了。表哥可以给我作证。我和表哥约好的，今晚去他家给我舅妈祝寿。是不，表哥？”

那警察长出了一口气，却严肃地说：“是有这事儿。不过，还是先回局里再说！”

我咋这么倒霉哟，敢情“劫匪”和警察有亲戚呀！我认了。“不过，你再怎么着，也不该把我的车往墙上撞啊！”我抚摸受伤的爱车，委屈地说。

“哎，别说了，大哥。那该死的驾校教‘移库’时都是看‘点’教的，可这地方也没‘点’啊！”大汉也委屈了。

细一打听，我差点晕倒：敢情这家伙也是刚刚考到驾照的新手！

不办事

职称评定又开始了。连续两年“名落孙山”的老马着急了。和老马要好的老董给老马支招，该出手时就出手，你得下点儿本钱了。

老马咬咬牙，买了两包“小熊猫”，晚上摸黑送到了主任家。

从主任家回来，老马连夜鼓捣述职报告。正好学计算机的儿子前两天回家，带回来一台打印机。老马看着打印出来的述职报告，蛮正规的。老马觉得这次应该志在必得。

第二天上午述完职，老马没回家，在食堂胡乱吃了两口，忐忑不安地等着结果。下午，结果出来了。老马去看公告：竞争对手“金榜题名”，自己一如既往“名落孙山”！

老马去找老董。老董问：“你没去主任家吗？”老马说：“去了呀！拿了两包‘国宝’呢！”老董一听，叹气道：“你的‘国宝’值几个子儿？听说人家可都拿的可是‘大中华’，‘大中华’还不盖过你的‘国宝’！”

老马垂头丧气地回到家，看见儿子正在打印什么。打到一半，色带突然断了。老马问：“你买的啥破打印机？”儿子说：“图花钱少，买的二手的。”老马懊恼地看着打印机，突然狠狠地骂道：“花钱少，还真他妈的‘不办事’！”

教子无方

老余花了一百块钱买了一个新足球，每天早晚和七岁的儿子在楼下踢来踢去。

这天傍晚，老余下班回来，发现儿子神色慌张，原来儿子踢球时把人家小卖部的玻璃砸碎了。

老余拉起儿子就往小卖部走，一边走，一边教育儿子：做人要厚道，损坏东西一定要赔偿。儿子一路点头。到了小卖部，老余问店主，一块玻璃多少钱？店主说，八块。老余掏出十块钱，塞给店主，说不用找了。儿子在老余额头上亲了一口，乐呵呵地抱着足球回了家。

过了两天，老余下班回家，看到儿子正在门口等他。老余心想儿子懂事了，知道迎接自己了。没想到儿子拉着他的手却往外边走。儿子说自己又踢破人家的玻璃了。

老余二话没说，跟着儿子去赔偿。没想到儿子径直将老余带到了一辆宝马车跟前。老余心里腾地一下，汗就冒了出来。好说歹说，老余赔了人家三百钱才了事。

回来的路上，老余大骂儿子笨蛋。儿子不解：你不是说损坏东西要赔偿吗？老余咬牙切齿：比足球贱的就赔，比足球贵的就跑！儿子还是不解：两次不都是玻璃吗？老余被儿子气得哑口无言，冷不丁一脚将球踢了出去。

只听“啪”地一声，不知道是哪里的玻璃又碎了！儿子赶忙问道：这次是赔还是跑？

校园恋爱糗事记

玉笛记

我们班有一位美眉，生得国色天香，倾国倾城。该美眉有两个特点：一是爱好学习，二是非常喜欢听音乐。我在学习方面是相形见绌的，所以打算从第二个特点上下手。

从下定决心时起，我每天晚上都到学校的竹林里去吹一通笛子。果然奏效，班里的同学很快都知道我的笛子吹的很好，并赐予了雅号“玉笛圣手”。

中秋节，本班组织晚会。我又用心良苦地精心装束了一番，然后在晚会上深情地表演了笛子独奏。掌声雷动中我瞥见美眉已是一副含情脉脉状。我惊喜之余，整夜失眠。

第二天，我装作正常交往的样子，去和美眉聊天。看见美眉正在笔记本上写着什么。我凑过去一看，发现了如下字句：“轻声飘过，像一缕青丝划过我的面庞，像一泓泉水漫过我的心房……”。我一阵狂喜，庆幸苦心总算是没有白费。我略一犹豫，决定向她表白。男子汉大丈夫吗，总要主动一些，何况她的心思已经明摆着。我拿起她的笔记，然后断断续续语无伦次地说：“你写的这个，我明白。我明白你的心里有我。其实我……，你也该明白我的心思吧……”

还没等我说完，该美眉竟扑哧扑哧地笑了起来，涨红了脸，抢过笔记说：“你说什么呢？这是一首外文歌曲的译文！”

我当时大晕，恨不得找个地缝钻下去！

登山记

不管怎样，我总算追到了美眉。为了表示浪漫，我打算周末带着她去登山。倒霉的是周五晚上宿舍老六“添彩”，将老大我的新衣服洒了一大片墨水。气得我咬牙切齿，就差揍他了。好在他许诺将自己的衣服借给我，外加给我臭袜子，我这才消了气。

第二天，一向被大伙儿戏称“睡不死”的我特地起了个大早，哼唱着“爱情就是力量”，飞出了宿舍。弟兄们祝我好运。

晚上九点，我垂头丧气归来。哥几个骂到：“操！你小子艳福不浅啊，怎么才回来？我们还以为你这就要夜不归宿了呢！”没等他们说完，我自己开口了：“真他妈的倒了血霉了！”

我和他们的“大嫂”本来在山顶玩了一天，尽兴得很。可在傍晚下山时却撞了霉运。美眉不慎扭了脚，我当然要显现男子汉气概，要背着美眉下山。可俗话说“上坡路易走，下坡路难行。”我没走几步，也被一块石头绊住了，竟将美眉扔了出去！而随着“哧”的一声，我的裤裆竟然也扯开了！

说到这里，我狠狠地瞪了老六一眼，骂到：“都怪你的破衣服，纯粹假冒伪劣！”老六自知愧对于我，没感应声。为了转移话题，他嗫嚅地问：“‘大嫂’现在咋样?”我回答：“还在医院里。”弟兄们一起忙问：“那你怎么回来了?!”我瞅了大家一眼，目光突然变得无比柔和，温柔地说道：“请哥几个给老大凑点医药费吧。”

馒头记

出了这次事故，我本来就不充裕的“囊”中就更显“羞涩”了。自己当月的伙食费都没有着落了！

怎么办？人是铁饭是钢，在学校食堂是吃不起了，但总得想办法把自己的胃“糊弄”饱吧。某日，看见食堂水槽里的馒头屑，顿时豁然开朗。别误会，我还不至于落魄到捡馒头屑吃的地步。我是想如果只吃馒头，（才五角钱一个）那倒是能糊弄到月底的，而月底就可以回家找老爸老妈要钱了。

但我还不想在学校食堂里啃馒头，让同学们笑话，便跑到校外的一个馒头摊去啃。到了里间，猛地瞥见老二也在，还有老五。我没说什么，心知肚明，理解万岁。只是不知道老五这小子什么时候也加入了恋爱大军，还对我隐瞒得如此密不透风?！老五嘿嘿地说："刚刚，刚刚。"

回来的时候，我们每个人的手里都提了一大包馒头，雄赳赳气昂昂地进了宿舍楼。我们的口号是："生命诚可贵，爱情价更高。谈恋爱挨饿，理得又心甘!"

正当我们自我感觉良好时，宿管的李主任拦住了我们："我说同学们哪，你们自己挨饿倒心甘了，可你们如果只会空唱高调，不能打拼出一分天地，我看你们也只能同上'光棍山'了。"

李主任的话虽然不大中听，但也振聋发聩，一针见血。我们兄弟们只好异口同声地说："高见，高见!"

欢迎举报

拿着买断金，我正式下岗回家了。开出租的老公说：“没事儿，老婆。现在，有许多黑车拉客，抢了我们不少生意。既然别人能开黑车，咱为什么不能？我看你也买个车，也拉没本儿的生意！”

听老公这么一说，我稍微高兴起来了，看来真是天无绝人之路。我就用那笔买断金，买了一辆二手夏利，偷偷地拉起了客人。还别说，几天下来，比我在工厂上班赚的钱要多上好几倍呢。

这天上午，我又拉了不少活儿。我拿起电话，打算向老公汇报一下“战果”，可是，打了几次电话，老公就是不接。

我担心起来，在心里念叨着，可别出事啊。可怕啥来啥，过了一会儿，老公将电话拨了过来。老公喘着气，说自己在外地出车祸了，让我赶快汇五千块钱过去。

接完电话，我的头都大了。不过我还是照着老公的话去了银行，往他的银行卡里打入了五千块钱。打完钱后，我忽然想起，自己竟忘了问丈夫在什么地方了。而当我再给老公打电话时，可不知怎的，他说什么也不接了。

我只好开车回家。等老公回来。可是等了一晚上，老公还是没有回来，甚至连电话也没有打来一个。这期间，我看到电视上播放扫黄的新闻，我猛地预感到，老公可能去嫖娼了，那五千块说不定就是罚款哪！

一夜无眠。第二天中午，我早早回家，想看看老公是不是回来了。我开车刚到门口，却被几个警察拦住了。完了，我的预感应验了！

警察掏出证件亮给我看，随后却说：“我们接到举报，说你开黑车。跟我们走一趟吧。”

我是又惊又喜。惊的是我才开了这么两天黑车就被举报了。喜的是老公嫖娼的事毕竟还没有落实。不过，想着想着，我猛地一惊，不对啊。如果是嫖娼，交了罚款，也就该放出来了。而现在，老公竟毫无音讯，难道老公遭遇了不测？

我被带到了公安局。警察问我开了多长时间黑车了，我说，我刚刚买的车，打算过两天就去办出租手续的。几名警察商量了一下，开出了处理意见：罚款一千，车子限期补上出租手续。

我交了罚款，又想起老公失踪的事。我便向警察哭诉了起来。警察见我哭了，连忙起身安慰，并带着我去了另外一间屋子，详细地说明了情况，报了案。

报完案后，刑侦警察很是警觉，说这很有可能是一起绑架案。警察让我等着老公或绑匪的电话。警察说，如果只是一起车祸当然好，但如果是绑架案，那我就一定要保持冷静。

突然，我的手机响了。得到警察的点头示意后，我接通了电话。

电话里果真是老公的声音。不过意外的是，老公说自己安然无恙，马上就要回家了。

原来是虚惊一场。出了警察局，我快速开车回家。我进了屋门，发现老公正坐在沙发上。见我进来，老公扬了扬手里的五千块钱的现金和两盒中华烟，还得意地吹起了口哨。

这是怎么回事？我诧异万分。老公拍了拍我的头："傻丫，我被绑架了！"

我更糊涂了，被绑架怎么还这么得意啊？我忙不迭地问老公这是怎么回事。老公终于讲出了原委。

原来，老公并没有出什么车祸，而是真的遭遇了劫匪。三名劫匪乘坐了老公的车，到了荒郊，就凶相毕露了。他们掳去了老公身上的现金，然后让老公往家里打电话，要五千块钱。老公没办法，自知寡不敌众，只好照劫匪的意思办，假称出了车祸，向我要了钱。

"可这钱怎么在你手上啊？警察解救了你吗？"我不解地问。

"我自己脱险的。这几个劫匪，都是黄毛小子，我把他们说通了，他们还拜我当了大哥呢。这不，这钱，他们分文不差地退给了我，还给我买了两盒中华烟呢。"

对老公的忽悠能力，我是深有体会的。不过，老公竟能把劫匪给忽悠了，我还是不太相信。

“你到底是怎么脱险的？”我都快急死了。

“我给他们想了一个赚钱的好路子。”老公诡秘地笑了笑。

原来，老公在被劫匪挟持的时候，心想只能用智脱身。就在将五千块钱交给劫匪之际，老公对劫匪们说，哥几个千万别撕票。你们只要了五千块钱，这是小罪过，就当哥哥我送给你们几位零花了。不过，我倒有个不但不犯罪，反倒利国利民还来钱的好路子，不知道几位有没有兴趣？

劫匪听老公这么一说，还真来了兴致。忙问老公是什么路子。老公说：“举报黑车，拿奖金。我是开出租的，知道有很多黑车，我提供给你们。”

这样聊着聊着，劫匪们还真的动了心。其中，一个为首的，就把老公的五千块钱退了回来，还一个劲儿地赔礼道歉，甚至拉着老公去路旁的饭馆吃了一顿，席间还非要塞给老公两盒中华不可。

“那他们就相信你了啊？”我问。

“怎么会呢。他们要先拿到一笔奖金才会放了我。我就给他们提供了一个线索，他们就试着举报了一回。”老公说完，挠了挠头。

“那你举报的是谁啊？”我捏紧了拳头。老公吐了吐舌头，说：“当时我也想不起别人来呀，就只好举报你了。”

我拍了一下老公的脑袋：“你呀你，害我被罚了一千块呢！”

“咳，傻丫。你说是一千块多，还是五千块多呀？再说了，要不是这样，你老公的小命都可能不保了！”老公捂着脑袋委屈地说道。

我想了想，老公说的也有道理。不过，我忽然又紧张起来：“你难道以后真的走黑道，真的当他们的老大哥呀？”

“咳。傻丫。你放心，我才不做他们的老大呢。这几位，已经到局里呆着去了！”

原来在老公举报了我之后，那几个劫匪还真的去取奖金了，结果被警察一网打尽。不过，警察怎么知道他们是劫匪呢？

这时，我的电话响了，是警察局打来的。我和老公一起来到了警察局。警察对我说，幸亏你报案及时，引起了我们的注意，我们才猜想到这几个来领取奖金的就是劫匪啊！

回来的路上，我和老公相视一笑。我对老公说：谢谢举报啊！老公笑笑说："哎，只是以后你就开不了黑车啦。"

"咳。还开什么黑车啊。以后黑的东西咱们可一概不沾了！"我一本正经地说。

"那黄的呢？"老公嬉笑道。

贼心不死。啪！我一巴掌拍在了老公的额头上。然后，我也嬉笑着说："欢迎你去涉黄，也好让我当回举报人嘛！"

绰号“张大头”的故事

我们办公室的张宝学长得五大三粗，甚是魁梧。以前看完赵本山的小品《卖拐》后，我就想，那脑袋大脖子粗的，也该算我们张宝学一个。不过张宝学的绰号“张大头”的由来可与“卖拐”无关。究其渊源，都是因为“抓大头”。

什么叫“抓大头”呢？是这么回事：我们办公室哥弟姐妹几个，在空闲时间时常要打打牙祭。“抓大头”，就是几个人出点钱买点零食什么的，大伙平均出钱显得没意思，所以就想个法子，让大伙出的钱数有所区别，这出钱最多的就叫“大头”。

刚开始玩“抓大头”的时候，是用“抓阄”的方法，有的抓3元，有的抓2元，有的“白吃”，有的“跑腿”。说来也怪，连续抓了四五次，张宝学都是抓到最多的。

张宝学有些不服气，就说要改法子。不知他从哪里学来了一手，叫“爬梯子”。就是在纸上画一些“道道”，做出好几个梯子的形状，然后每个梯子上标着相应的钱数。按说，张宝学自己想的法子应该公平，可是连抓了几次，他还是“大头”。

终于有一天，张宝学时来运转，“爬梯子”的时候，他“爬”了个“跑腿”。我们大家各自交了钱数，然后嘱咐他买巧克力雪糕。张宝学高兴地去了单位的小卖部。

不一会，张宝学沉着脸回来了。他把买到的雪糕往桌子上重重地一放。我们拿起来一看，不是巧克力雪糕，而是新的“梦龙雪糕”。

我们一愣，都盯着张宝学。张宝学叹了口气：“便宜的巧克力雪糕没有了，这是贵价钱的新雪糕。搞得我又搭上了4块钱哪！哎，我可真是个‘大头’的命啊！”

丢“猫”记

结婚时，我们家买了电脑。老公喊出口号：老婆第一，电脑第二。在家时，他除了跟我“献媚”，就是扎在电脑跟前。我开玩笑说：“电脑是你二奶呀?”不过，老公“包二奶”我并不反对，因为老公是用“二奶”写稿子。

起初，老公写完稿，要带到单位去发，因为家里没上网。老公说太麻烦了，就跟我商量要上宽带。我说行，但有个条件，就是要用他赚来的稿费交网费和电费。老公满口答应。

宽带上了两个月了，老公还是没有稿件发表。我安慰他：“不要着急，功到自然成。”老公只是不好意思地讪笑。

一天下班回来，我发现书房门户洞开，室内一片狼藉，老公正焦急地翻箱倒柜。我忙问：“怎么了?”老公说：“来贼了!”我连忙上前：“丢了什么?”老公回答：“别的倒是没丢，就是‘猫’（上网用的调制解调器）丢了!”我安慰老公：“没关系，不就是只‘猫’嘛。”

老公说报警，我说犯不着。老公说再买个“猫”，我说办不到。看他生气了，我只好说：“要买也行，不过要等你写出成果来，用稿费买!”

老公咬牙切齿，说：“你等着!”

过了两个月，老公拿出两份样刊，自豪地说：“可以去买‘猫’了吧?”我说：“不行！还没来稿费呢!”

等到稿费来的时候，又有几份样刊寄到家中。老公问：“这回总可以了吧?”我哈哈大笑，转身从卧室的床下取出了被我“尘封已久”的那只“猫”，双手向老公奉上。老公大叫：“原来你是窃贼!”

我双手叉腰：“要不是藏了你的‘猫’，你还指不定猴年马月发表作品呢!”老公心里应该清楚，刚上网的两个月里他总是不由自主地在网上浏览、看片、聊天!

老公先是挠挠头，然后学着“范伟”的腔调，说了句:“谢谢啊!”逗得我差点喘不过气来。

然后，老公虔诚地提出请求:“恭请老婆作我的‘猫猫’管理员。本人保证:一般每周末使用两日;平素若有急用，亦要提出申请，并在管理员的监视下方可使用。”

现在，看着老公每天专心写稿，我的心里真是比蜜还甜。看来，当个“窃贼”也可巧立“奇功”嘛!

童言无忌

所谓“家有小儿初长成”，小孩子正是既长身体又长心智的时候，在成长中既生龙活虎又莽莽撞撞，这便闹出了不少笑话。虽说是闹了笑话，倒也童言无忌，童趣可娱。由于上班上学方便的缘故，我家小儿这两年住在他姥姥家。我这就撷取此间的几例笑话，以飨读者。

四岁——忒黑。

去年暑假，我小舅子到驾校报名学开车。根据教练传授的应试技巧，在两周内就学会了所有项目，并通过了考试。

拿到驾照后，我小舅子买了辆小轿车，拉着我们去乡野间兜风。我儿子兴高采烈地上了车，可一到车上就进入了梦乡。

我小舅子路不太熟，走着走着，就把车开到了一个死胡同。在往后倒车的时候，我小舅子汗湿津津，一慌神，车子便擦上了一个枯木桩。

查看了车子的“伤情”后，我小舅子翻开了驾照本，气得直骂：“驾校真他妈的忒黑了！”我小舅子的意思是，驾校收费不低，可那些用于速成的所谓技巧（例如“看点倒车”）在“实战”中却毫无用处。

这时，我那睡眼蒙蒙的小儿子，从他大舅（也就是我小舅子）的手中一把夺过了驾照本，仔细地看了看驾照本上的照片，然后若有所思地说：“是，是，我大舅长得是忒黑。”

我儿子这么一说，搞得我那皮肤黝黑的小舅子竟“扑哧”一下笑出声来。这也怪我，我在私下里常和老婆取笑，常说她们家人黑，尤其我小舅子，我还私下里给他取了个绰号，叫“黑色狂人”。想不到，我家小儿竟谙熟于胸了。

五岁——等我长大后。

我小舅子处的对象叫叶琨。在起初的一段时间里，我们常在嘴边挂着叶琨的名字。“五一”假的时候，我岳父家要请“新媳妇”来过节，就叫我们一家三口过去作陪，我们就早早地赶到岳父家。

见了面，我小舅子给我们做了介绍。我儿子和叶琨很投缘，两个人一会儿就熟识起来。

临近中午，一家人便开始准备伙食。我老婆亲自下厨，一展厨艺。做了好几个菜以后，我老婆面对两条鲟鱼发了愁，因为她从未做过鲟鱼。我老婆向我小舅子询问后，知道这两条鲟鱼是叶琨拿来的，就让我小舅子去叫叶琨来做鲟鱼。

这时，我儿子正和叶琨玩扑克。我小舅子说：“叶琨，叶琨，你来做鲟鱼。”

我儿子满脸不高兴，就拉住叶琨，对着我小舅子说：“不让走，不让走，叶琨和我玩‘勾鱼’呢。”

我当时在旁边，听儿子直呼叶琨其名，觉得很失礼，就踢了儿子一脚，说：“小孩子怎么这么不懂礼貌，你应该喊阿姨！”

儿子一脸委屈，天真地问叶琨：“阿姨，他们怎么都管你叫叶琨，我怎么不能啊？”

叶琨一脸尴尬。我忙说：“你是小孩子，我们是大人！”

我儿子眼珠一转，恍然大悟地说：“哦，阿姨，等我长大后，再管你叫叶琨。”

六岁——我是灰社会。

有一段时间，我们一家看《上海滩》，我儿子竟对剧中人戴墨镜起了兴趣。每天只要见我摘了眼镜，他一准儿把眼镜驾到他那嫩小的鼻梁上，然后手舞足蹈，直到眼镜从他的鼻梁上歪斜下来。

周末，我小舅子、叶琨还有他们的小宝宝来我们家玩。我儿子对他的小表弟喜欢得不得了，一会儿工夫，就用自己杂七杂八的玩具，给他的小表弟来了个“半包围”。

这时，屋子里飞舞来一只大苍蝇。可能是我小舅子家的宝宝身上有“奶气”的缘故，这只苍蝇就围着他转来转去，然后还落在小宝宝的“细皮嫩肉”

上，弄得小家伙好不烦躁。

见此情形，我正想拿来蝇拍把这该死的蝇子灭掉，没想到，我儿子一把夺过了蝇拍，又盯着我的鼻梁管我要眼镜。我疑惑着把眼镜摘下给他戴上。戴上眼镜后，我儿子手执蝇拍，冲向那只苍蝇，嘴里还念念有词："我是灰社会（黑社会）大老大，别惹我！"

我家小儿成长过程中的趣事不胜枚举。不过，在被他引逗得捧腹之余，我也深有反思。我认识到，小儿的言行举止除了天真无邪的本性外，还与我们大人的言行举止，与我们给他们营造的环境氛围也有很大的关系。看来，为了让孩子们既"快乐"又"健康"地成长，我们大人还真要"慎其言，谨其行"喽！

教儿子砍价

王大明的儿子上小学了，经常向王大明要零钱。但儿子要钱并不花，而是存在储蓄罐里。

这天，儿子放学回家，手里拿着一只漂亮的风筝。王大明一愣："哪里来的?"儿子说是自己买的。王大明明白了，原来儿子往储蓄罐里攒钱是早有预谋的。

"这只风筝多少钱啊?"王大明随口问道。儿子说是三十块。王大明又问："人家要多少钱啊?"儿子说要的就是三十。

儿子说完，王大明火了："你个傻瓜。现在的生意人很狡猾，买东西要砍价。他们要的价不能一口答应，你要还一半的价，不然要吃亏的!"

儿子悻悻地应着声。王大明心想，光理论上教导是不够的，还得联系实际才行。王大明想到儿子的一次性储蓄罐打碎了，就决定带儿子去商店再买一个。

到了商店，王大明让儿子进去买，自己则躲在门外偷听。

儿子问店主价钱，店主说："8 块钱。"儿子想起爸爸的教导，就说："4 块吧。"店主笑了笑："小朋友，4 块钱是买不到的。这样吧，你就给 6 块吧。"儿子一听，马上回话："那就 3 块吧。"

儿子这样一说，屋内的店主和躲在门外的王大明都愣住了。

愚人节的电话

今天是愚人节，刚好轮到我休假。我在昨天晚上就和朋友小张约好，要去他的公司玩。今天早上，我经过通讯大厅，看到在搞活动，就买了一个双卡双待的手机，并选了一个新卡号。把新卡安上后，我想搞一下恶作剧，就拨通了小张的电话，恶狠狠地说："我是东矿的黑社会。小子，你得罪人了，有人花 3000 块买你一条腿。要想破财免灾的话——"

我还没有说完，只听小张颤抖着声音说："大哥，我出 4000 块，你饶了我吧。"

听着小张的声音，我差点笑出声来。小张从小就胆小，现在还是这么怂，这蹩脚的诈骗手法他竟没听说过？我不动声色地说："你准备好钱，今天下午我告诉你交钱的方式。"

打完电话，我就去坐地铁。我的脑海里浮现出小张心惊肉跳、坐立不安的姿态，突然觉得这个玩笑可能开太了。还有，如果小张报了警，那么自己是不是在开玩笑还真的有些说不清了。

我想打电话给小张，向他解释一下。可是，地铁里没有信号，我只好等着到地面上再说。

到地面上时，已经是半个小时以后了。我正想给小张打电话。我的手机却响了。是一个陌生的号码。我接通了电话，只听电话里面一个男子问："您好，请问您是要出售楼房吗?"我愣了一下，就挂断了电话，这一定是哪个冒失鬼拨错了号码。

刚挂断电话，又有一个陌生号码拨了进来。是一个女子的声音："您好，请问您是月嫂吗?"我生气地说："听好了，我是月哥!"

在我走进小张公司的过程中，不断有陌生号码打进来问我是不是要售楼，是不是要做月嫂。

我气呼呼地走进小张的办公室。小张正气定神闲地喝茶水。小张见我不高兴，就拉我坐下，说："来，哥们给你讲个笑话。"

我很诧异，问："什么笑话？"

小张神气地说："话说有诈骗电话打到你的手机上，你就如此这般、这般如此地呼死他！"

我坐到小张的电脑前一看，平铺着两个信息交流网页。一个网页上写着：现有新房一套，因急用资金，特以跳楼价出售。电话：156××××118；另一个网页上写着：专业月嫂，时价最低。电话：156××××118。

妈呀，这电话号码正是我新买的卡号啊！

行为艺术

五一小长假，朋友小张带我去某景区旅游。到了景区门口，我拿起相机开始拍照。这时候，不知从什么地方，出现了两个浑身油彩的男子。他们在我的相机前摆了几个造型，让我拍摄。

我感到诧异，问："你们是干什么的？"

他们回答："我们是搞行为艺术的。"

我放心下来，就对着他们拍了几张。没想到，等我拍了几张后，他们竟对我说："交二十块钱。"

我问："交钱干什么？你们不是搞行为艺术吗？也没说要钱啊！"

他们说："别废话。拍照就要交钱。交二十块钱，随便拍。"

我心里说，你们这纯属敲诈。但是，旅游在外，还是少惹事为好。我就端起相机，对着他们狂拍一番。

这时候，我听见朋友小张在大声地打电话："喂，是110吗？这里有敲诈！"

就在小张打电话的同时，那两个油彩男子灰溜溜地看了我们一眼，就跑开了。

还是小张厉害，我夸赞了小张一番。小张笑着说："别夸了。我压根儿就没拨通电话。"

"没拨通电话？那你这是——"我疑惑地问。

小张哈哈大笑："以彼之道，还施彼身。他们搞'行为艺术'，咱也搞他们一把'行为艺术'！"

和领导撒谎真的好难

小张时来运转，在单位熬了整整十年，终于被被转到另外一个科室任副主任。小张新到的科室说大不大，说小不小，除了主任，算上小张，光副主任就有三位。

转眼间，小张已经上任了一个多月。这一个多月直让小张叫苦不迭：几乎每个双休日科室都有下乡任务，而几乎每次下乡都是安排由小张带队！

下了几次乡，小张就看出了门道，自己这科室完全是清水衙门，下乡不过是赚个“鞍马劳顿”，根本没有什么油水。如此几番之后，小张就有些生气：科室里即便不算正主任，不算自己，还有两位副主任呢，凭什么每次下乡都是安排我呀？欺负新人也不能太肆无忌惮吧？小张打定了主意：再让我去，我就找借口撒谎！

周五的下午，小张心里七上八下，生怕接到领导的“指示”。没想到怕啥来啥，眼看着就要下班了，主任的“指示”也到了。不过小张心里早有防备，便为难地说：“主任，实在是不好意思，明天我要去市里参加一个婚礼，实在是脱不开。”主任笑了笑说：“没关系。”小张面孔谦恭，心里却乐开了花，心想终于可以过一个轻松的双休日了。

晚上回到家，小张和妻子小酌了几杯，看了会儿球赛，就踏实地睡去。

没想到，第二天一大早，小张的手机就响了。小张拿起手机一看，竟然是主任打来的！小张的大脑快速运转：我已经提前告了假，主任怎么还给我打电话？小张一时半会儿想不明白，就爹着头皮接通了电话。

主任问：“小张啊，你去市里了吗？”

小张一咬牙，说：“我到半路上了。”

主任问："你怎么去的呀？是坐客车还是自己开车？"

小张纳闷了，不过他很快想明白了，主任这么问很可能是想要借自己的车用。说起主任借车，小张就郁闷。是这么回事，主任以前本来很排斥开车，虽然早就学了驾照，可就是不买车。可是近一个月不知怎么了，却开始练习开车，这不，前几个双休日，小张坐着单位的破车去下乡，却要把自己的车借给主任去练车。小张觉得自己的车越来越难用了，这都是被主任糟蹋的。

这么一想，小张就坚定地说："我是自己开车去的。"话一说完，小张就后悔了，怎么能说是"开车去的"？这个"去"字不代表自己还没出发吗？应该说是"开车来的"呀！

小张正懊恼，不过庆幸的是主任似乎没有听出破绽。主任接着说："你开车去的，很好。有一件事正好替我办一下。"

小张疑惑地问："什么事？"

主任说："哦，是这样，我家小童（主任的儿子，在上大学）今天下午4：30到火车站，你顺便把他接回来。"

听主任说完，小张大脑一片空白，只是嘴里有气无力地说着："好……好……好。"

完了，这就是和领导撒谎的代价。没办法，小张只好哭丧着脸，在下午4：30之前到了火车站。可是，小张举了牌子在出站口左等右等，右等左等，就是不见主任儿子的身影。

小张只好打电话给主任，问小童什么时候到，主任的回答差点儿让小张背过气去："哦，我忘了告诉你，小童今天不回来了。"

哥买的不是大奖

同事小陈买彩票中了3000元，让我羡慕不已。我决定也加入到“彩民”大军中去碰碰运气。我上网查了查彩票的玩法，决定选择双色球。咱就要玩就玩有大奖的，就是要不中则已，一中惊人！

起初我是煞有介事地研究彩票走势，装模作样地画出热号趋向图，然后精心写出一组号，再去买。可是后来，数学系毕业的小舅子告诉我，根据概率学，什么号码出现的几率都是一样的，也就是说，出什么号，全都是随机的。

如此一来，我去买彩票就用机选。机器随机给我选什么号，我就要什么号。可这样买了几次，同事小陈就笑话我了：“你这不是拿钱打水漂吗？要知道天上不会掉馅饼，梦想要靠自己追。你得相信自己，还是要自己选号嘛！”

自己选号，怎么选呢？咦，对了，我干嘛不选一组对自己来说有意义的号呢？这样灵机一动，我就用自己的生日和老婆的生日组合了一组号码。我决定，以后买彩票就死守这组号了。

以后，再买彩票的时候，我每次都是流利地报出相同的号码，还别说，还真中了几次五元的奖。小陈拍拍我的肩膀：“听我的，没错吧。”

不过，慢慢地，我的彩票热情开始降温，毕竟，大奖似乎跟我很是“生分”，一直不愿跟我结缘。所以，我买彩票就由开始的期期买变成了偶尔买。

突然有一天，同事小陈拉住我的肩膀：“老赵，你得请客呀。”我楞了：“为何？”

小陈一撇嘴：“老赵，别装了。你中了二等奖了，还骗我！”

我的心跳开始加速：“你说什么？”

“你昨天晚上难道没看开奖结果吗？跟你守着的号只差了一个篮球。哥们，你中了二等奖啊，三、四十万啊！”

小陈一说完，我当即血压升高，差点没抽过去：“我的妈呀！这期我忘了买呀！”

从此以后，我又改了一组号。根据小陈总结，一般来说，出了一次大奖的号，基本就不会再重复出了。虽然小舅子说出过没出过概率还是一样的，但我还是愿意相信老陈的。

现在，我真正成了“铁杆彩民”，虽然，每次我只买一注，但我真正做到了期期不落。小陈时常调侃我：“老赵，买到大奖了没有？”我只好苦笑：“哥买的不是大奖，是预防啊！”